Stefan Zweig

Bilinmeyen Bir Kadının Mektubu

Çeviri: Gülperi Sert

DOĞUBATI

Özgün Metin
Brief einer Unbekannten

Almancadan Çeviren
Gülperi Sert

Yayına Hazırlayan
Ufuk Coşkun

Kapak Tasarım
Mr. Z & Z

Baskı
Tarcan Matbaacılık
Nisan 2015

Doğu Batı Yayınları
Ankara Merkez:
Yüksel Cad. 36/4 Kızılay/Ankara
Tel: 425 68 64 / 425 68 65

İstanbul Dağıtım:
Hobyar Mah. Narlıbahçe Sok. No:6
Cağaloğlu/İstanbul
Tel: 0 212 243 47 11

www.dogubati.com

ISBN: 978-975-8717-98-9 / Sertifika No: 15036

Doğu Batı Yayınları-120 Edebiyat-24

Ön Kapak Çerçeve: Newell Convers Wyeth'ın Anthony Adverse için hazırladığı kapak çalışmasından detay,1934. Brandywine River Museum.
Ön Kapak İç Resim: Anonim bir fotoğraf. 19. yüzyıl.

Stefan Zweig

Bilinmeyen Bir Kadının Mektubu

Stefan Zweig

1881 yılında Viyana'da doğdu. Babası varlıklı bir sanayiciydi. Avusturya, Fransa ve Almanya'da öğrenim gördü. Savaş karşıtı kişiliğiyle dikkat çekti. 1919-1934 yılları arasında Salzburg'da yaşadı, Nazilerin baskısı yüzünden Salzburg'u terk etmek zorunda kaldı. 1938'de İngiltere'ye, 1939'da New York'a gitti, birkaç ay sonra da Brezilya'ya yerleşti. Önceleri Verlaine, Baudelaire ve Verhaeren çevirileriyle tanındı, ilk şiirlerini ise 1901 yılında yayınladı. Çok sayıda deneme, öykü, uzun öykünün yanı sıra büyük bir ustalıkla kaleme aldığı yaşamöyküleriyle de ünlüdür. Psikolojiye ve Freud'un öğretisine duyduğu yoğun ilgi, Zweig'ın derin karakter incelemelerinde kendisini gösterir. Özellikle tarihsel karakterler üzerine yazdığı yorumlar ve yaşamöyküleri, psikolojik çözümlemeler bakımından son derece zengindir. Zweig, Avrupa'nın içine düştüğü siyasi durum yüzünden insanlığın geleceği konusunda umutsuzluğa düşerek 1942 yılında karısıyla birlikte intihar etti.

Gülperi Sert

1959'da İskenderun'da doğdu. 1982'de Ankara Üniversitesi Dil ve Tarih Coğrafya Fakültesi Alman Dili ve Edebiyatı Anabilim Dalı'nı bitirdi. Yurtiçi ve yurtdışında çeşitli üniversitelerde görev yaptıktan sonra, 1998'de Dokuz Eylül Üniversitesi Fen-Edebiyat Fakültesi'nde Mütercim-Tercümanlık Bölümü'nü kurdu. Halen aynı fakültede Mütercim-Tercümanlık Bölüm Başkanlığı'nı ve Almanca Mütercim-Tercümanlık Anabilim Dalı Başkanlığı'nı eşzamanlı olarak yürütmektedir. Friedrich Nietzsche, Franz Kafka, Stefan Zweig gibi yazarların yapıtlarını dilimize kazandırmıştır.

Önsöz

İlk kez 1945 yılında aşk romanlarının usta yazarı Muazzez Tahsin Berkant tarafından Fransızca tercümesinden "Meçhul Sevgili" başlığıyla Türkçeye çevrilen ve İnkılap Yayınevinde basılan *Bilinmeyen Bir Kadının Mektubu* (*Brief einer Unbekannten*) Stefan Zweig'ın en tanınmış novellalarından biridir. Latince "yeni" anlamına gelen "novus" sözcüğünden türetilmiş olan novella İtalyancada "yenilik" anlamına gelir ve Giovanni Boccaccio'nun *Decameron* adlı öyküsü novella türünün öncüsü sayılır. Öyküden daha kısa nesir türü olarak bilinen ve okuru kısa bir giriş ile olayın içine çeken novellanın kısaöyküden (short story) farkı, merkezdeki çatışmayı tutarlı bir şekilde işlemesidir.

Mektup biçiminde yazılmış, 1922 yılında yayınlanmış olan eserin tam olarak ne zaman yazıldığı bilinmiyor. Zweig'ın diğer novellalarında olduğu gibi burada da bir çerçeve anlatım görmekteyiz. Eserin dış çerçevesini oluşturan birinci öykü eserin kahramanı genç yazarın birkaç günlük geziden sonra evine dönmesiyle başlar. Bir kadından geldiği anlaşılan *"Beni hiç tanımamış olan sana"* diye başlayan ve imzası olmayan mektubu okuyup bitirmesiyle sona erer. Geriye dönüş tekniğiyle anlatılan çerçeve-anlatımın ikinci öyküsü ya da iç öyküsü diyebileceğimiz ve eserin de ana temasını oluşturan öykü mektubu yazan kadının yazarla yaşadığı ve mektubunda anlattığı aşk hikâyesidir.

Kahramanları çoğu kez tecrit edilmiş, dışlanmış ve iletişimsizlik nedeniyle acı çeken insanlar olan novellanın bir diğer özelliği gerilim içermesi, bu gerilimin tıpkı dramdaki gibi tırmanması, bir dönüm noktasının olmasıdır. Bu nedenle Theodor Storm yapısı ve kompozisyonu açısından novellayı "Dramın kız kardeşi" olarak nitelendirmiştir. Alman edebiyatının bir başka büyük ustası Goethe 1827'de Johann Peter Eckermann ile yaptığı bir görüşmede novellada "daha önce hiç duyulmamış, ender rastlanan, ender yaşanan bir olayın" anlatıldığını söyler. Çerçeve anlatımın "iç öyküsü" olan bilinmeyen kadının mektubunda yazdığı öyküsünde tam da böyle bir olay anlatılır. Eserin en can alıcı bölümünü teşkil eden karşılıksız ve sonsuz bir aşkın anlatıldığı bu öyküde bir kadının daha çocuk yaştayken bir erkeğe âşık olması, yıllarca onu düşünmesi, on sekiz yaşına geldiğinde onu arayıp bulması, onunla birlikte olması ve hamile kalması sıradan bir konuyken Zweig'ın anlatımıyla psikolojik derinlik kazanıyor, alışılmışın dışında bir aşk hikâyesine dönüşüyor.

Genelde tek bir olayın anlatıldığı novellada laytmotif (Sıklıkla tekrar edilen ve bir özelliği karakterize eden motif) ve nesne-sembolü gibi edebî teknikler kullanılır. Bu eserdeki sembol kadının erkeğe yazdığı mektuptur, laytmotif ise ona her doğum gününde gönderdiği beyaz güllerdir. Rastlantı novellada çok önemli bir yere sahiptir. Yakışıklı, ünlü ve çapkın yazar

R.'nin eserin kadın kahramanının oturduğu apartmana taşınması ve yıllar içinde birkaç kez karşılaşmaları hep bir tesadüf sonucudur.

Hikâyenin kadın kahramanı aşkını yıllarca sessiz ve tek başına, kendisi için yaşar, erkeğin haberi olmadan, erkeği suçlamadan; yaşananlardan sadece kendini sorumlu tutarak. Karşılıksız aşk bile denemez buna çünkü erkeğin ne bu aşktan ne de bu aşkın sonucundan haberi yok. Zweig'ın hümanist yanını ve psikolojik tahlillerdeki başarısını burada da görmek mümkün; kadınların duygularına hiç önem vermeyen, onlarla uçucu, geçici ilişkiler yaşayan, yakışıklı ve adının R. olduğundan başka hakkında hiçbir şey bilmediğimiz öykünün erkek kahramanına öfke, nefret duymuyoruz.

Okurken kadın kahramanın iç dünyasına, duygularına sürükleneceğiniz, okudukça büyüleneceğiniz, empati kurmadan, duygulanmadan okuyamayacağınız bir eser. Aşkın gözü kördür, ya da tek başına yaşanınca da aşk güzeldir dedirten ve yazarın ustalık dönemi novellalarından biri olan eser bu tür aşkların artık hayalinin bile kurulmadığı günümüzde okuru sayfalar boyu duyguların akıntısına çekiyor.

Defalarca filmi çekilen eser radyo oyunu olarak da uyarlanmıştır. Çeviri yöntemime gelince: Zweig'dan çevirdiğim diğer eserlerde ve çeviride uyguladığım yöntem: Bir yandan yazarın özgünlüğünü ve kültürünün yabancılığını korumak öte yandan bunu Almanca bilmeyen Türk okuru için anlaşılır ve zevkle okunur hale getirmek. Diğer eserlerine nazaran son derece sade ve yalın bir anlatımın olduğu, çevirirken hiç zorlanmadığım Zweig'ın bu eseri başka çevirmenler tarafından da çevrildi, bundan sonra da çevrilecektir kuşkusuz.

Stefan Zweig Hakkında

1881-1942

Stefan Zweig, yirmili ve otuzlu yıllarda Alman dilinin en çok okunan yazarlarından biridir. Kitaplarının baskısı milyonlara ulaşmış ve yapıtları elliyi aşkın dile çevrilmiştir. *Dünün Dünyası* (1942) başlıklı otobiyografisinde, " ... bir gün Cenevre Milletler Cemiyeti'nin yayını *Cooperation Intellectuell*'in yaptığı bir istatistikte dünyanın en çok çevirisi yapılan yazarı olduğumu okudum..." der gururla.

Stefan Zweig çok üretken bir yazardı; şiirler, sanat ve kültür yazıları, meslektaşlarının yazmış olduğu yapıtlara önsözler, çeviriler, öyküler, biyografiler, monografiler, denemeler, tiyatro oyunları, söylenceler, bir bitmiş, iki tamamlanmamış roman ve bir de libretto yazmıştır. Ayrıca sayısı 20.000 ile 30.000'i bulan mektubu vardır. 20. yüzyılın birinci yarısında Alman edebiyatının en çok mektup yazan yazarları arasındadır. Çağdaşı Thomas Mann, Zweig hakkında şunları söyler: "Onun yazın dünyasındaki ünü dünyanın öbür ucuna kadar ulaşabilmiştir. Fransız ve İngiliz yazınıyla karşılaştırıldığında,

Alman yazınının oldukça az ilgi görmesi göz önünde bulundurulursa, hayli dikkat çekici bir durum. Belki de Erasmus'tan bu yana hiçbir yazar Stefan Zweig kadar ün kazanmamıştır." Ancak Yahudi kökenli Zweig'ın kitaplarının çoğu Nazi döneminde yakılmış ve kütüphanelerden çıkarılmıştır. Bu tür baskılar yazarın Alman dilinin konuşulduğu bölgelerde etkinliğini zayıflatmıştır.

Stefan Zweig'ın babası Moritz Zweig, tekstil işletmesi olan zengin ve başarılı bir işadamı, okumuş, görgülü, İngilizce ve Fransızca bilen, müzikle ilgilenen, saygın, sade, mesafeli kişiliği olan bir insandı. Yahudi bir banker ailenin kızı olan annesi Ida (Brettauer) ise aristokrat bir aileden gelmenin gurur ve önyargısını taşıyan, gösterişi ve zenginliği seven bir kadındı.

Stefan Zweig 20 Ekim 1881'de Viyana'da dünyaya gelmiştir. Lisede başarılı, kültür ve sanata çok meraklı bir öğrencidir, Hofmannsthal'i çok beğenir, ondan övgüyle söz eder. Hofmannsthal ise onun, kendi edebî yaratıcılığını birtakım yazınsal yöntemlerle taklit ettiğini iddia etmiştir. Zweig anılarında bu kişisel çekişmelerden hiç söz etmez. Çünkü onun doğası, uyumsuzlukları dengeleyen, beraberlik ruhu taşıyan, başka dünya görüşlerinin ve fikirlerinin de olduğunu kabul eden bir öze sahiptir. Fikir çatışmalarından, bir şeyin baskıyla kabul ettirilmesinden, her türlü saldırıdan uzak duran ve politik kavgalarda yer almamaya özen gösteren Zweig, kendisini politik ve sosyal konularda taraf tutmak için yetkili görmemiş, hattâ bunu istememiştir, çünkü politikaya girmeyi hep reddetmiştir. Politikayla ve dogmayla ilgili şeyler onun için hep aynıdır, ikisinden de hiç hoşlanmamıştır. Bir kez bile oy kullanmamıştır. Bu tutumuyla Zweig yalnız değildir. Politik yaşamdan uzak durmak, 1933 yılından önceki ve sonraki dönemde birçok burjuva aydını için tipik bir davranıştır. Genç Zweig ve arkadaşları politikayla ilgilenmek yerine kitaplara, müziğe, resimlere ilgi duyarlar; kozmopolit yapısıyla yaşlı imparatorluk kenti Viyana'nın sıkıntısız ve çekici yaşamının tadını çıkarırlar.

Zweig daha lise yıllarındayken şiir ve öykü yazmaya başlar. Bu dönemde çeşitli gazete ve dergilerde 300-400 kadar şiiri yayımlanır. Yazılarıyla dikkat çeken Zweig, henüz yirmi yaşındayken Viyana'nın en önemli gazetelerinden *Neue Freie Presse*'de yazmaya başlar ve otuz yılı aşkın bir süre bu gazetede makaleleri ve araştırma yazıları çıkar. Viyana'da başladığı felsefe ve edebiyat bilimi eğitimine Berlin'de devam eder. Burada ilk şiir kitabı *Gümüş Teller* (1901) ve ikinci şiir kitabı *Erken Dönem Çelenkleri* (1906) yayımlanır. Biçim ve konu açısından buradaki şiirleri Goethe, Heine, Hofmannsthal ve Rilke'yi anımsatır. Yeni, romantik ve dışavurumcu öğeler iç içedir. Yıllar sonra kendi şiirini olgunlaşmamış, aşırı duygu yüklü olarak niteler ve acımasızca eleştirir. Dostu Richard Dehmel'in önerisiyle dildeki ifade olanaklarını geliştirmek ve ustalaşmak için çeviriye başlar; Baudelaire ve Verlaine'den çeviriler yapar.

Üniversite yıllarında başlayan seyahat merakı tüm yaşamı boyunca sürer. Çıktığı dünya gezilerinde edebiyat çalışmalarına malzeme arar, dostluklar edinir. Örneğin Paris'teyken Rilke ile tanışır, Moskova'da Maksim Gorki ile dostluk kurar. Varlıklı bir aileden gelen Zweig yaşamı boyunca servetini hep ihtiyacı olanlarla paylaşmıştır. Paris'te tanıştığı Ernst

Weiss ve Nice'te karşılaştığı Joseph Roth yardım ettiği insanlardan sadece ikisidir. Hermann Kesten onunla ilgili olarak, "O, gerçek mânâda birçok insanın hayatını kurtarmıştır" der. Zweig anılarında üç yaşamından bahseder. İlk yaşamı tahminen 1914 yılında son bulur, ikincisi ise Nasyonal Sosyalistlerin iktidara geçmesiyle, üçüncüsü ise 1933'te başlayıp içinde yaşadığı dönemde, 1939'da sona erer. Anılarından yola çıkarak yazdığı *Dünün Dünyası* dar anlamda bir özyaşamöyküsü değildir. Zweig kendi kaderini değil, ait olduğu kuşağın deneyimlerini ve onların yaşamla ilgili duygularını ve bir dönemin anatomisini yansıtır. Amacı, kaybolmuş bir yaşam tarzının belgeselini çıkarmak ve Avrupa uygarlığının çok şey borçlu olduğu çökmüş bir imparatorluğa tanıklık etmektir. Stefan Zweig bazen okuduğu şeylerden de ilham almıştır. Örneğin *İlyada*'yı okurken tiyatro oyunu yazmasına esin kaynağı olan bir bölüme rastlar, *Tersites* (1907) bu şekilde ortaya çıkar. Bunu *Dönüşmüş Komedyen* (1913), *Deniz Kenarındaki Ev* (1912), *Bir Yaşam Söylencesi*, *Yoksulun Kuzusu* (1939) takip eder. Zweig kendini düzyazıya ve düzyazıda da öyküye daha yatkın görür. *İlk Deneyim* (1911) başlıklı öykü kitabı dört öyküden oluşur: *Alacakaranlık Öyküsü*, *Mürebbiye*, *Yakan Sır* ve *Yaz Noveli*.

Zweig için insanın yaratıcılığı, insana ilişkin en önemli şeydir. Özellikle öncüleri ve kâşifleri, teknik ve bilim adamlarını bu tasarım içinde düşünür (*Macellan*, Amerigo). Bu insanlar, insanlığın gelişimine katkıda bulunmuş yaratıcılardır ve kahraman niteliklerine sahiptirler. Zweig'a göre yaratıcılık her zaman Tanrı fikriyle bağıntılıdır. Zamanın ötesine geçen yapıtlar, sanat yapıtları bizi hayretler içinde bırakan en kutsal şeylerdir.

Askerliğini Viyana'daki savaş arşivinde yapan Zweig, bu tarihlerde "edebiyatçılar grubuna" katılır. Savaşın yerle bir ettiği Galiçya'da geçirdiği günler onun en travmatik deneyimleridir. Burada gördüklerini anlattığı öyküsü *Zorlama*'da (1920) savaş karşıtı görüşlerini vurgular.

Bir deneme ustası olan Zweig 1920-1928 yılları arasında *Üç Büyük Usta, Balzac, Dickens, Dostoyevski* (1920), *Kendileriyle Savaşanlar, Hölderlin, Kleist, Nietzsche* (1925), *Kendi Hayatının Şiirini Yazanlar, Casanova, Stendhal, Tolstoy* (1927) üçlemesinden oluşan *Dünya Fikir Mimarları, Dehanın Tipolojisi* dizisini tamamlar. Zweig, biyografik denemelerin, geçmişteki düşmanlıkların aşılmasına ve ulusların gelecekteki akıl-kültür birliğini kurmaları yönünde katkı olacağını düşünmüştür. Yazdığı bu denemelerde ele aldığı yazarların karakterlerini ve yapıtlarını incelerken onlara duyduğu hayranlığı gizlemez ancak eleştirel analizler yapmaktan da çekinmez.

Öykülerinin kahramanlarına gelince, onlar dizginleyemedikleri tutkularıyla aşırı olaylar yaşayan insanlardır. *Tutku Öyküleri* (1922) kitabının başındaki *Amok Koşucusu* (1922) yazarın en bilinen öyküsüdür. *Dünya Fikir Mimarları* dizisinde olduğu gibi yazar bu dizide de bir tür tipoloji vermeye çalışır. Öykülerindeki tipler, egemen güçlerin boyunduruğu altına girmişlerdir. Zamanla tüm varlıkları için belirleyici olan tek bir tutku, uyanan bütün duyguların, gösterilen çabaların, güdülen amaçların karşısında üstün duruma geçer. *Karışık Duygular* (1927) başlıklı uzun öyküsünde ruhsal uçurumları ve karşı konulmaz içgüdüleri anlatır, ama aynı zamanda sıradışı insanı ikiyüzlülüğe zorlayan toplumu eleştirir.

Zweig'ın novellalarının merkezinde, olayların ortasında beklenmedik bir dönüm noktası oluşturan ve sıradan olaylara bir ışık tutan "o âna kadar duyulmamış bir olay" vardır. Böylece bilinen bağlantılar birdenbire yeni ve ilginç bir görünüme bürünür. O âna kadar gizli kalmış olay açığa çıkar. Psikolojiyle ilgili merak giderilir ve dramatik gerilim yaratılır. Zweig özellikle geç dönem öykülerinde anlatılan olaylara mesafeli olmasına yarayan çerçeve ve iç anlatımı tercih eder. Erken dönem öykülerinde iç monolog ve diyalog baskınken, geç dönem öykülerinde bir şekilde geriye dönüş tekniğini tercih eder.

İnsanlığın Yıldızının Parladığı Anlar (1927) adlı öykü kitabında yazarın amacı, insanlık tarihinde, sonuçları gelecek yüzyılların durumunu belirleyecek bir kararın verildiği bazı gerilimli zaman dilimlerini anlatabilmektir.

Fouché, Bir Politikacının Portresi (1929) başlıklı eseri bir biyografi olup Zweig bu eseriyle, politik insanın tipolojisine bir katkıda bulunmak istemiştir. Bu eserle kamuoyunu savaşın geride bıraktığı etkilere, cesareti kırılmış, dengesi bozulmuş Orta Avrupa ülkelerinde gittikçe daha belirginleşmeye başlayan güncel tehlikelere karşı uyarmak istemiştir. Zweig'ın bir başka biyografisi yine bir siyasi kişilik üzerinedir. *Marie-Antoinette, Sıradan Bir Karakterin Portresi* (1932). Maria Theresia'nın kızını ait olduğu sınıfın ve içinde yaşadığı dönemin sıradan bir temsilcisi olarak anlatır; onu düşüncesiz, aklı hep eğlencede, sefa düşkünü, fakat iyi huylu, dürüst bir aristokrat olarak betimler. Diğer bir biyografi çalışması *Maria*

Stuart'tır (1935). Bu İskoç kraliçesinin yaşamı, asılmasıyla ilgili belgeler merakını uyandırır. Maria Stuart'ın gerçekte nasıl bir insan olduğunu, başına gelenleri ve işlediği suçun ne olduğunu öğrenmek için araştırmaya başlar. Anlatılan öykülerin birinden yola çıkar ve *Maria Stuart*'ı yazar. Zweig'ın yazdığı edebî biyografiler, Ranke'nin dediği gibi bilimsel-tarihsel betimlemeler değildir; büyük insanların ve büyük olayların, tarihin acımasız mantığından yola çıkarak değil de, özel bir psikolojiden yola çıkarak aydınlatıldığı bu karışık edebî tür –yazar açık olarak reddetmesine rağmen–, biyografik roman türüne dâhildir.

Örtülü bir otoportre olan *Rotterdamlı Erasmus'un Zaferi ve Trajedisi* (1934) adlı eserinde Zweig, geç dönem Ortaçağ hümanisti, yenilikler ve kilise öğretisi arasında çıkan savaşta, aklın yanında yer alan Erasmus von Rotterdam'ı ilk Avrupalı, ırk, din, ulus sınırlarını aşmış aristokrat bir ruh olarak çizer. Brezilya'ya yaptığı gezi esnasında tasarladığı *Macellan, Kişiliği ve Başarısı* 1938'de yayımlanır. Macellan'ı bütün insanlığın hizmetindeki barışçıl kahramanlardan biri olarak gören Zweig eserinde bu cesur adamın hakkını vermek istemiştir.

1938 Şubatı'nda Hitler'in ültimatomu, Avusturya Cumhurbaşkanı Schuschnigg'i istifaya zorlar ve 12 Mart günü Alman Ordusu Avusturya'ya girer. Hitler, Avusturya'nın Alman İmparatorluğu'na bağlanmasını ister. Olaylar Zweig'ı derinden yaralar. O tarihe kadar yarı sürgün biri olarak istediği zaman Salzburg'a ya da Viyana'ya gidebiliyorken, artık bir mültecinin kaderini yaşamak zorundadır. Bu dönemde yayımlanan romanı *Yüreğin Sabırsızlığı* (1939) çökmüş Habsburg monarşisine duyulan özlemi işler.

İkinci Dünya Savaşı'nın başlamasıyla İngiltere'de bulunan Zweig ve hayat arkadaşı Charlotte evlenirler. Ancak Zweig kendini dışlanmış, yabancı bir ulus tarafından sadece tahammül edilen biri gibi hisseder. En çok üzüldüğü şey de Almanca konuşulan ülkelere gidemeyecek oluşudur. 1940 yılında eşiyle birlikte uzun çabalar sonucu ve dostlarının yardımları sayesinde İngiliz vatandaşlığına geçer. Ancak Hitler İngiltere' yi de tehdit etmektedir. Bir konferans daveti alan Zweig 1940 yılı başında eşiyle birlikte Güney Amerika'ya gider. Bu onlar için dönüşü olmayan bir yolculuktur. New York'tan sonra eşiyle Rio'ya giden Zweig burada *Dünün Dünyası* için sakin bir ortam bulur. Buenos Aires'te Arjantin dışişleri bakanı tarafından karşılanır. Zweig her türlü resmî ödülü reddeder, onun yerine bakandan üç Alman mülteci için vize ister, dileği yerine getirilir. Vatanındaki insanların korkunç kaderleriyle ilgili haberler onu karamsarlığa ve umutsuzluğa iter. Yaşama gücünü çalışmalarında arar ve 1941'de *Amerigo, Tarihi Bir Yanılgının Öyküsü* adlı kitabını yazar. Hemen arkasından çok şey borçlu olduğu Brezilya'ya konuk armağanı olarak *Brezilya, Geleceğin Ülkesi* başlıklı kitabını yazar. Aynı yıl konusu o gün de bugün de güncel olan, acımasız şiddetin baskısı karşısındaki insanın özgürlüğünü nasıl savunabileceğini işlediği *Satranç* (1941) adlı eserini bitirir. Bu eserin son bölümü yazarın altüst olan psikolojik durumunu da gözler önüne sermektedir. Teselli bulmak için Goethe, Homeros, Shakespeare okur. Bu arada Montaigne'in *Denemeler*'ine dalar. Etkilendiği şey Montaigne'in ölüm karşısındaki tutumu ve gönüllü ölümü en güzel ölüm olarak nitelendirmesidir. 23 Şubat 1942'de Zweig ve ikinci eşi Elisabeth Charlotte uyku hapı içerek intihar ederler. Brezilya dostu yazarın cenazesi için devlet töreni yapılır. Zweig'ın intiharı büyük yankı uyandırır. Hitler Almanyası'nın ve onun müttefiklerinin dünyayı tehdit edici boyuttaki başarıları Zweig'ı derin bir ümitsizliğin içine düşürmüş, sonunda insanlığa olan inancını yitirmesine neden olmuştur. Altmış bir yıllık yaşamında hemen her kitabıyla büyük başarı elde eden, yapıtları başka dillere en çok çevrilen ve yaşarken ünü yakalayan ender yazarlardan biri olan Zweig, yarattığı birçok karakter gibi gönüllü ölümü seçmiştir.

Gülperi Sert
İzmir

Bilinmeyen Bir Kadının Mektubu

Ünlü roman yazarı R. dinlenmek üzere üç günlüğüne gittiği dağ gezisinden sabahın erken saatlerinde Viyana'ya geri döndüğünde ve istasyonda aldığı bir gazetenin tarihine şöyle bir baktığında o gün doğum günü olduğunu anımsadı. Kırk birinci, diye geçirdi aklından, bu tespite ne sevinmiş ne de üzülmüştü. Gazetenin hışırdayan sayfalarını hızla çevirdi ve bir taksiyle[1] evine geldi. Uşak, yokluğunda iki kişinin geldiğini, birkaç kişinin telefonla aradığını söyledi ve birikmiş postayı bir tepsi içinde getirdi. Umursamaz bakışlarla postaya şöyle bir baktı, gönderenin adını ilginç bulduğu birkaç zarfı açtı; yazısı yabancı ve kalın olduğu anlaşılan mektubu kenara koydu. Bu arada çay hazırlanmıştı, rahat koltuğuna yaslandı,

---

[1] Metinde Mietauto (kiralık araba) kelimesinin karşılığı olarak kullandım. İlk oto kiralama ofisi Detroit Havalimanı'nda 1946 yılında kurulmuştur. Zweig'ın eserinin yayın tarihi 1922 olduğu için buradaki kelimenin karşılığı kiralık araba olamaz, ancak taksi olabilir. Çünkü ilk düzenli taksilerin 1694 yılında İngiltere'de ortaya çıktığı bilinmektedir. (ç.n.)

gazetenin ve birkaç derginin sayfalarını şöyle bir karıştırdı; sonra purosunu yaktı ve bir kenara koyduğu mektubu eline aldı.

Bu, yabancı ve huzursuz bir kadının çarçabuk yazdığı takriben yirmi dört sayfa bir şeydi, mektuptan ziyade bir eser elyazmasına benziyordu. Bu nedenle gayriihtiyari zarfın içinde açıklayıcı bir mektup var mı diye zarfı yokladı. Fakat zarf boştu ve ne zarfın üzerinde gönderenin adı ne de mektupta imzası vardı. Garip, diye geçirdi içinden ve yazıyı bir daha eline aldı. "*Beni hiç tanımamış olan sana*" diye başlıyordu mektup, şaşkınlıkla öylece kaldı: kendisine mi yazılmıştı yoksa hayalî birine mi? Birdenbire merakı uyanıvermişti. Ve başladı okumaya.

Çocuğum öldü dün – üç gün üç gece o küçük narin varlığı kurtarmak için ölümle mücadele ettim; grip onun zavallı, sıcak bedenini ateşler içinde sarsarken ben kırk saat onun başucunda oturdum. Kor gibi yanan alnının üzerine serinletici şeyler koydum; çırpınan, küçücük ellerini gece gündüz bırakmadım. Üçüncü gün dayanacak gücüm kalmadı. Gözlerimi açık tutmam imkânsızlaştı, kapanmalarını engelleyemiyordum. Üç ya da dört saat sert koltukta kendimden geçmiş, uyuyakalmışım. İşte tam o sırada ölüm onu elimden almış. İşte orada yatıyor; o tatlı, biçare oğlum, daracık bebek yatağında yatıyor; öldüğünde nasıldıysa öyle yatıyor; yalnızca gözlerini kapattılar, o akıllı, koyu renkli gözlerini, ellerini beyaz giysisinin üzerinde kavuşturdular, yatağının dört yanında dört tane mum yanıyor. Oraya bakmaya cesaretim yok, yerimden kıpırdamaya cesaretim yok, çünkü mumların ışığı titredikçe oğlumun yüzüne ve ağzına gölgeler vuruyor ve sanki yüzü kıpırdıyor. İşte o zaman onun ölmediğini, uyanacağını ve o aydınlık sesiyle bana çocukça, nazlı nazlı bir şeyler söyleyeceğini düşünüyorum. Fakat biliyorum, o öldü; bir kez daha ümit etmek istemediğimden, bir kez daha hayal kırıklığı yaşamak istemediğimden onun olduğu tarafa bakmak istemiyorum. Biliyorum, biliyorum, benim yavrum dün öldü – artık dünyada senden başka kimsem yok, benden haberi olmayan senden başka, her şeyden habersizi oynayan ya da insanlarla ve diğer şeylerle eğlenen senden başka. Beni hiç tanımayan ve benim daima sevdiğim senden başka.

Beşinci mumu alıp buraya, üzerinde sana mektup yazdığım masanın üzerine koyuyorum. Çünkü yüreğimdekini kâğıda dökemezsem, ölmüş çocuğumla yalnız kalamayacağım ve bu korkunç saatlerde seninle, geçmişte de bugün de benim her şeyim olan seninle konuşmazsam kiminle konuşacağım? Belki seninle çok açık konuşamam, belki beni anlamazsın – başımın içi uğulduyor, şakaklarıma âdeta çekiçle vuruluyor, bütün uzuvlarım ağrıyor. Sanırım ateşim var, belki de gribe yakalandım, şimdilerde bir kapıdan ötekine sızan gribe, eğer öyleyse iyi olur, o zaman yavrumun peşinden giderim, kendime bir şey yapmama gerek kalmaz. Bazen gözlerimin önünde her şey kararıyor, belki bu mektubu bitiremem – fakat beni hiç tanımamış olan seninle sevgilim, seninle konuşabilmek için tüm gücümü bir kez de olsa, sadece son bir kez de olsa toplayacağım.

Sadece seninle konuşmak istiyorum, ilk kez sana her şeyi anlatmak istiyorum; her zaman sana ait olan tüm hayatımı bilmelisin, haberdar bile olmadığın varlığımı bilmelisin. Fakat sırrımı, ancak öldüğümde, bana cevap vermek zorunda kalmadığında, bütün uzuvlarımı buz ve ateşle sarsan şey, gerçekten son bulduğunda öğreneceksin. Eğer hayatta kalırsam, bu mektubu yırtıp atacağım ve şimdiye kadar sustuğum gibi susmaya devam edeceğim. Fakat bu mektup eline geçerse bil ki, burada ölmüş bir kadın hayatını anlatıyor, kendini bildiği andan ölümüne kadar sana ait olan hayatını. Anlatacaklarımdan korkma; ölü bir insanın bir isteği yoktur artık, ne sevgi ister, ne merhamet, ne de teselli. Tek bir şey istiyorum senden, sana sığınan acılarımın anlattıklarına inanmanı. Anlattığım her şeye inan, sadece bunu rica ediyorum senden: tek evladı ölüm döşeğinde olan bir kadın yalan söylemez.

Tüm hayatımı anlatmak istiyorum sana, seni tanıdığım gün gerçekten başlayan hayatımı. Senden öncesinde hayatım sadece bulanık ve karışıktı, artık anılarımın içine dalamayan, tozlarla, örümcek ağlarıyla dolu, yüreğimin hiçbir şekilde hatırlamadığı, belirsiz, seçilemeyen olaylarla ve insanlarla dolu bir mahzendi. Sen geldiğinde ben on üç yaşındaydım ve senin şimdi oturduğun aynı binada, bu mektubu, son nefesimi elinde tuttuğun o binada oturuyordum, aynı katta oturuyordum, senin dairenin tam karşısındaki dairede. Kuşkusuz bizi hatırlamıyorsundur bile, maliyecinin dul kalmış yoksul eşini (annem hep matem elbiseleri giyerdi) ve onun henüz gelişmemiş, sıska çocuğunu hatırlamıyorsundur –biz çok sessiz, kendi küçük burjuva yoksulluğuna gömülmüş, yaşıyorduk– sen belki bizim isimlerimizi bile hiç duymamışsındır, çünkü kapımızın üzerinde isim yazmıyordu ve hiç kimse, ama hiç kimse bizi arayıp sormuyordu. Gerçi üzerinden çok zaman geçti, on beş, on altı yıl, hayır, kuşkusuz sen hatırlamıyorsundur sevgilim; fakat ben, ben her ayrıntıyı bugün gibi hatırlıyorum, hayır, senin sesini ilk kez duyduğum ânı, seni ilk kez gördüğüm ânı nasıl hatırlamam, çünkü benim için hayat o gün başlamıştı. Sabret sevgilim, sana her şeyi ta başından anlatacağım; senden ricam, anlatacaklarımı dinleyeceğin şu beş dakika boyunca yorulmaman, çünkü ben seni ömrüm boyunca sevmekten yorulmadım.

Sen bizim oturduğumuz binaya taşınmadan önce, senin oturduğun dairede çirkin, kötü, kavgacı insanlar yaşıyordu. Yoksul olan bu insanlar en çok da çevrelerindeki yoksulluktan, bizim yoksulluğumuzdan nefret ederlerdi, çünkü bizim yoksulluğumuzun onların o aşağılık kaba saba yoksulluğu ile ortak bir yanı yoktu. Adam alkoliğin tekiydi ve hemen her zaman karısını döverdi; çoğu kez geceyarısı yere düşen sandalyelerin, fırlatılan tabakların sesiyle uyanırdık; bir defasında kadın yüzü gözü kan içinde, saçları darmadağın merdivenlere çıkmıştı, arkasından da bas bas bağıran sarhoş kocası; bütün komşular kapıya çıkmış ve polis çağıracaklarını söylemişlerdi. Annem başından beri onlarla her türlü ilişki kurmaktan kaçınmış, bana da çocuklarıyla konuşmamı yasaklamıştı, çocuklar da her fırsatta bunun acısını fena çıkarıyorlardı. Beni sokakta gördüklerinde arkamdan çirkin şeyler söylüyorlardı, bir defasında o kadar sert bir kartopu attılar ki, alnımdan kanlar aktı. Tüm apartman aynı içgüdüyle bu insanlardan nefret ediyordu ve bir gün birdenbire –sanırım adam hırsızlık yaptığı için hapse atılmıştı– her şeylerini toplayıp binadan taşındıklarında, hepimiz rahat bir nefes aldık. Evin kapısında birkaç gün kiralık yazısı asılı kaldı, sonra indirildi; apartman yöneticisinden, bir yazarın, yalnız yaşayan sakin bir beyin daireyi kiraladığı haberi yayıldı. Senin adını ilk o zaman duydum.

Birkaç gün sonra badanacılar, boyacılar, temizlikçiler ve duvar kâğıtçıları geldiler; dairenin eski sahiplerinin pisliğini temizlemek için çekiçler, tokmaklar çalıştı, ev silinip süpürüldü, pislikler kazındı; annem bunlardan hiç rahatsız olmuyor, aksine dairedeki pislik temizleniyor diye seviniyordu. Taşındığın sırada da seni görmedim; tüm işlerle uşağın, her şeyi sessiz, sakin ve bir şef edasıyla yöneten o küçük, ciddi, beyaz saçlı uşağın ilgileniyordu. O hepimizi etkilemişti, birincisi evimizin bulunduğu şehrin bu kenar mahallesinde bir uşak bizim için çok yeni bir şeydi, ikincisi kendisini başka hizmetkârlarla bir tutmaksızın ve onlarla samimi konuşmalar yapmaksızın herkese inanılmaz derecede kibar davranıyordu. Annemi ilk günden itibaren bir hanımefendiymiş gibi saygıyla selâmlıyordu, hattâ benim gibi bir yaramaza bile her zaman yumuşak ve kibar davranıyordu. Senin ismini her söylediğinde son derece saygılı ve hürmetkâr bir tavır takınıyordu – onun sana normal bir uşaktan çok farklı bir şekilde bağlı olduğu görülüyordu. Ve ben onu bu nedenle ne kadar çok sevdim, o iyi, yaşlı Johann'ı, her zaman senin yanında olabildiği, sana hizmet edebildiği için onu kıskanmama rağmen.

Bütün bunları sana anlatıyorum sevgilim, tüm bu ufak, neredeyse komik şeyleri sana anlatıyorum ki en başından beri o zaman ürkek, mahcup bir çocuk olan benim üzerimde nasıl bir etki yaptığını anlayabilesin. Sen benim hayatıma girmeden önce senin çevrene âdeta saçtığın bir saygınlık ışığı vardı; zenginlik, farklılık ve gizemlilikle çevriliydin – kenar mahalle sakinleri olan bizler (küçük hayatları olan insanlar kapılarının önündeki bir yeniliği hep merak ederler ya) sabırsızlıkla senin taşınmanı bekliyorduk. Nasıl biri olduğuna dair duyduğum merak, bir öğleden sonra okuldan eve gelip kapının önünde eşyaların olduğu kamyonu gördüğümde iyice artmıştı. Ağır olan mobilyaların çoğunu hamallar yukarı taşımışlardı, şimdi ise küçük eşyalar taşınıyordu; hepsini hayretle seyredebilmek için kapının önünde durdum, çünkü tüm eşyalar daha önce hiç görmediğim kadar farklıydı; Hint tanrıları, İtalyan heykelleri, parlak renkli büyük resimler vardı, son olarak da kitaplar geldi, o kadar çok, o kadar güzeldi ki, böylesini hayalimde bile görmemiştim. Hepsi kapının önüne kondu, oradan uşak aldı ve hepsinin tozunu itinayla temizledi. Ben yavaşça, merakla gittikçe kapının önünde biriken eşyalara yanaştım, uşak beni kovalamadı, fakat benimle ilgilenmedi de; bu nedenle hiçbirine dokunmaya cesaret edemedim, oysa bazılarının ciltli kabına dokunabilmeyi çok isterdim. Sadece yandan kitapların başlıklarını görebiliyordum: Fransızca, İngilizce ve benim bilmediğim başka dillerde kitaplardı. Onları saatlerce seyredebilirim diye düşünüyordum: tam o sırada annem seslendi.

Bütün akşam boyunca seni düşündüm; daha seni tanımamıştım. Benim sadece bir düzine ucuz, eski, karton kapaklı kitaplarım vardı, onları her şeyden çok sever ve tekrar tekrar okurdum. Ve şimdi tüm bu muhteşem kitapların sahibi ve okuru olan, tüm bu dilleri bilen, bu kadar zengin ve aynı zamanda bilgili adam nasıldır, diye çok merak ediyordum. Bu kitaplar nedeniyle sana karşı olağanüstü bir saygı duymaya başlamıştım. Seni hayalimde canlandırmaya çalıştım: yaşlı, gözlüklü, beyaz sakallı bir adamdın, bizim coğrafya öğretmenimize benziyordun, sadece ondan daha iyi, daha yakışıklı, daha yumuşaktın – neden bilmiyorum ama seni hayalimde yaşlı bir adam olarak canlandırmıştım, fakat yakışıklı biri olduğundan da kesinlikle emindim. O gece henüz seni tanımamışken ilk kez seni rüyamda gördüm.

Ertesi gün taşındın, tüm merakla beklememe, görmek için yerimden ayrılmama rağmen seni göremedim – bu merakımı daha da arttırdı. Nihayet üçüncü gün seni gördüm, gördüğüm gibi de inanılmaz şaşırdım çünkü hayalini kurduğum o çocuksu Allah baba imgesiyle hiçbir ortak yanın yoktu. Ben seni gözlüklü, iyi, yaşlı bir ihtiyar olarak hayal etmiştim –ve sen– sen öyle, tıpkı bugün olduğun gibi hiç değişmeyen, yılların değiştiremeyeceği biriydin! Açık kahverengi, şık bir spor kıyafet giymiştin ve kimseye benzemeyen o hoş delikanlı tavrınla çıkıyordun merdivenleri, basamakları ikişer ikişer atlayarak, hızla. Şapkan elindeydi, ben anlatılmaz bir şaşkınlıkla açık tenini, canlı yüzünü ve saçlarını ancak görebildim: gerçekten şaşkınlıktan nerdeyse ürkmüştüm, nasıl genç, yakışıklı, tüy gibi hafif ve son derece zariftin. Ve garip değil mi, seni gördüğüm ilk anda başkalarının da sende hayranlıkla fark ettiği eşsiz tarzını çok net hissettim: sen çift kişiliği olan bir adamdın, bir yanınla ateşli, havai, eğlence ve maceraya meraklı bir genç, diğer yandan sanatını son derece ciddi bir şekilde yapan, sorumluluk bilincine sahip, bilgisi eşsiz aydın bir adam. Bilinçaltındaki bir sezgiyle herkesin sende hissettiği şeyi, iki farklı yaşam sürdüğünü hissetmiştim; biri aydınlık, dünyaya açık bir yüzey, diğeri sadece senin bildiğin o karanlık yüzey – varlığının sırrındaki o derin ikilemi, büyülediğin on üç yaşında bir çocuk olan ben daha ilk bakışta hissetmiştim.

Benim yaşımdaki bir çocuk için nasıl bir mucize, nasıl çekici, gizlerle dolu biriydin anlıyor musun, sevgilim? Kitaplar yazdığı için, bir başka büyük dünyada ünlü olduğu için herkesin saygı duyduğu bir adamı birdenbire yirmi beş yaşında genç, zarif, çocuksu, neşeli biri olarak görmek! O günden itibaren bizim evde, benim yoksul çocuk dünyamda senden başka hiçbir şey beni ilgilendirmez oldu; on üç yaşındaki küçük bir kızın inat ve ısrarıyla sadece senin hayatın, senin varlığınla meşgul oldum. Seni gözlemlemeye başladım, senin alışkanlıklarını, seni ziyarete gelen insanları inceledim ve tüm bunlar sana olan merakımı azaltacak yerde arttırdı, çünkü varlığındaki o iki yönlülük bu ziyaretlerde açığa çıkıyordu. Genç insanlar geliyordu, birlikte kahkahalar attığın, keyiflendiğin arkadaşların, kılığı kıyafeti düzgün olmayan üniversite öğrencileri ve arabalı bayanlar; bir defasında operanın müdürü, sadece uzaktan, kürsüsünde gördüğüm ve saygıyla seyrettiğim o büyük orkestra şefi gelmişti, sonra yine küçük kızlar, ticaret meslek okuluna giden ve büyük bir çekingenlikle kapıya toplaşan kızlar, çok, pek çok kadın geliyordu. Bütün bunları gördüğümde aklımdan önemli bir şey geçmiyordu, hattâ bir sabah okula giderken yüzü tamamen tülle kaplı bir kadının senin dairenden çıktığını gördüğümde de bir şey anlamadım – ne de olsa on üç yaşındaydım ve peşinde koşturtan, seni izleyen o tutkulu merakımın çocuksu varlığımda bir aşk olduğunun farkında bile değildim.

Fakat bütün ruhumla sana âşık olduğum tarihi, günü ve saatiyle çok iyi hatırlıyorum sevgilim. Okuldan bir kız arkadaşımla gezmeye çıkmıştık, kapının önünde çene çalıyorduk. Tam o sırada bir araba yanaştı, durdu ve içinden sen fırladın, bugün bile beni büyüleyen o sabırsız, çevik tavrınla arabadan kapıya atlamak istedin, gayriihtiyari sana kapıyı açmak istedim ve önüne çıktım; neredeyse çarpışıyorduk, sen bana sevecen diyebileceğim o sımsıcak, yumuşak ve insanı saran bakışınla baktın, gülümsedin – evet başka türlü ifade edemeyeceğim: sevecen ve çok alçak, neredeyse fısıltıyla şöyle dedin: "Çok teşekkür ederim genç Bayan."[2]

Bütün söylediğin bundan ibaretti, sevgilim; fakat o andan itibaren, o yumuşak, o sevecen bakışı hissettiğim an sana âşık oldum. Fakat sonra, kısa bir süre sonra öğrendim ki, sen o kucaklayan, kendine çeken, sarıp sarmalayan ve aynı zamanda soyan bakışını, doğuştan baştan çıkarıcı bir erkeğin o bakışını yanından geçen her kadına, sana bir şeyler satan her dükkândaki kıza, sana kapıyı açan her hizmetçi kıza yöneltiyormuşsun, bu bakış senin için bilinçli olarak bir arzu ve eğilim ifade etmiyormuş, aksine bu bakışlar kadınlara baktığında hiç farkında olmadan kendiliğinden yumuşak ve sıcak oluyormuş. Fakat on üç yaşında bir çocuk olan ben bunu fark etmemiştim: sanki bir ateşin içine dalmıştım. Ben, bu sevecenliği sadece bana, yalnızca bana gösterdiğini sanıyordum, bu nedenle o an içimdeki kadın, yarı ergen uyandı ve sana ömür boyu sürecek bir aşkla bağlandı.

"Kimdi o?" diye sordu kız arkadaşım. Ona hemen yanıt veremedim. Senin adını söylemem imkânsızdı: artık o saniye, o tek bir saniye adın benim için kutsaldı, benim sırrımdı. "Amaaan, apartmanda oturan beylerden biri" diye kekeledim

---

[2]Fraulein kelimesinin karşılığı olarak kullandım. Yirminci yüzyıl ortalarına kadar evlenmemiş kızlar için kullanılan bu kelime Avrupa'daki Feminizm hareketi ile birlikte kadının cinselliğine, bedenine bir hakaret anlamına geldiğinden günümüzde artık kullanılmamaktadır. (ç.n.)

becerebildiğim kadarıyla. "Fakat niçin öyle kıpkırmızı kesildin sana baktığında" diye dalga geçti arkadaşım meraklı bir çocuğun hinliğiyle. Ve ben onun alaycı bir ifadeyle sırrıma dokunduğunu hissettiğimden yanaklarım daha da kızardı. Mahcubiyetimi gizlemek için kabalaştım: "Aptal!" dedim öfkeyle: elimden gelse onu boğardım. Fakat arkadaşım daha yüksek sesle gülüp alay edince tarifsiz bir öfkeyle gözlerime yaşlar doldu. Onu orada öyle bırakıp yukarıya çıktım.

O saniyeden itibaren seni sevdim. Biliyorum, kadınların şımarttığı sen bu cümleyi sıklıkla duymuşsundur onlardan. Fakat inan bana, hiç kimse seni, benim seni sevdiğim kadar bir köle gibi, sadık bir köpek gibi, bütün benliğiyle sevmemiştir; çünkü yeryüzündeki hiçbir şey, karanlıklardaki bir çocuğun görülmeyen aşkıyla karşılaştırılamaz, çünkü o aşk o kadar çaresiz, özverili, itaatkâr, boyun eğen ve tutkuludur ki arzulu ve bilinçaltında hep talep eden yetişkin bir kadının aşkına benzemez. Sadece yalnız çocuklar tutkularını kendilerine saklarlar: diğerleri ise duygularını başkalarıyla konuşarak tüketirler ve paylaştıkça köreltirler, onlar aşk hakkında çok şey duymuş ve okumuşlardır ve aşkın ortak bir yazgı olduğunu bilirler, onlar aşkla bir oyuncakla oynar gibi oynarlar, ilk sigaralarını içen erkek çocukları gibi böbürlenirler. Fakat benim, benim güvenebileceğim hiç kimsem yoktu; kimse bana bir şey öğretmemiş, kimse beni uyarmamıştı, deneyimsiz ve her şeyden habersizdim: bir uçuruma atlar gibi yazgımın içine atladım. İçimde büyüyen ve taşan tüm hisler sadece seni tanıyordu, en yakın olarak seni biliyordu: babam çoktan ölmüştü, annem sonsuz hüznü ve dul maaşıyla yetinmek zorunda olmasının verdiği ürkeklikle bana yabancıydı, okulda ahlâken çökmüş kızlar benim son umut dediğim tutkuyla pek rahat oynadıklarından onlardan uzak duruyordum, – bu nedenle her şeyi, dağılmış parçalanmış her şeyi, bir araya sıkıştırdığım her şeyi önüne koydum ve sürekli sabırsızca filizlenen tüm duygularımı yoluna serdim. Sen benim için – nasıl söyleyeyim bilmem ki? Yapacağım her karşılaştırma yetersiz kalacak – sen benim için her şeydin, benim tüm dünyamdın. Benim için her şey, sana ait olduğu için vardı, tüm varlığımdaki her şey sen varsın diye bir anlam taşıyordu. Sen tüm hayatımı değiştirmiştin, o güne kadar ilgisiz ve sıradan bir öğrenciyken birdenbire sınıf birincisi olmuştum; senin kitapları sevdiğini bildiğim için geceyarılarına kadar kitap okuyordum, annemin şaşkın bakışları altında neredeyse akıl almaz bir sabırla piyano çalmaya başladım, çünkü senin müziği sevdiğini düşünüyordum. Sırf senin karşına temiz, düzgün çıkabilmek için giysilerimi temiz tutuyor, söküklerimi dikiyordum ve eski okul önlüğümün (annemin ev elbisesinden bozma yapılmıştı) sol tarafında çıkmayan kara bir leke olduğu için çok utanıyordum. Onu görüp beni aşağılamandan korkuyordum; bu nedenle okul çantamla lekeyi kapatmaya çalışıyordum, merdivenlerden çıkarken onu görürsün diye korkudan tir tir titriyordum. Fakat ne kadar aptalcaydı: sen beni asla, neredeyse hiçbir zaman görmedin.

Ve gene de: bütün gün boyunca seni beklemekten ve kapıya kulak kabartmaktan başka bir şey yapmıyordum. Kapımızda küçük, pirinçten bir kapı dürbünü vardı ve oradan baktığımda senin kapını görebiliyordum. Bu dürbün –hayır, gülme, sevgili, bugün hâlâ, bugün hâlâ o saatleri hatırladıkça utanmıyorum!– o benim dünyaya açılan gözümdü, orada, o buz gibi holde annemi kuşkulandırmaktan korkarak o aylar ve yıllarda, elimde bir kitap, bütün bir öğleden sonra kulağım kapıda, tetikte bekler gibi seni bekliyordum, bir tel gibi gergin oluyor ve varlığın ona dokunduğunda titriyordum. Hep senin etrafındaydım, hep gergin ve hareket halindeydim; fakat sen cebinde taşıdığın ve karanlıkta sabırla senin saatlerini sayan ve ölçen, yürürken sessiz kalp atışlarıyla sana eşlik eden, aceleci bakışının milyonlarca saniye vuruşlarından birine takıldığı saatin yayının gerginliğini fark etmediğin gibi benim de seni beklediğimin farkında değildin. Ben sana ait her şeyi biliyordum, tüm alışkanlıklarını, her bir kravatını, her giysini biliyordum, kısa bir süre sonra tüm arkadaşlarını öğrendiğim gibi onları sevdiklerin ya da sevmediklerin diye ayırabilir hale geldim: on üç yaşımdan on altı yaşıma kadar her saat seni yaşadım. Ah, ne delilikler yaptım! Elinin değdiği kapı kolunu öptüm, kapı girişinde attığın puro izmaritini çaldım, o benim için kutsaldı, çünkü dudakların ona değmişti, akşamları yüzlerce kez herhangi bir bahaneyle sokağa çıktım, odalarının hangisinde ışık yandığını görmek ve böylece varlığını, görülmeyen varlığını daha somut hissedebilmek için. Ve seyahat ettiğin haftalarda –o iyi kalpli Johann'ın senin sarı renkli valizini aşağıya taşıdığını gördüğümde korkudan kalbim duracak gibi oluyordu– o haftalar hayatım ölü gibi oluyor ve anlamını kaybediyordu. Somurtkan, sıkkın ve öfkeli bir şekilde dolanıp duruyordum ve ağlamaktan harap olmuş gözlerimdeki çaresizliği anneme fark ettirmemeye çalışıyordum.

Biliyorum, burada sana anlattığım her şey tuhaf duygu taşkınlıkları, çocukça delilikler. Bu nedenle utanmam gerekir fakat ben utanmıyorum, çünkü sana olan aşkım hiçbir zaman o çocuksu taşkınlıklarımdaki kadar temiz ve tutkulu olmadı. Günler boyunca, o günlerde hayallerimde seninle, benim yüzümü bile doğru dürüst görmemiş seninle nasıl yaşadığımı anlatabilirim, çünkü sana merdivenlerde rastladığımda kaçacak bir yer olmadığında yakıcı bakışlarınla karşılaşacağım korkusuyla, sırf ateşten yanmamak için suya atlayacak biri gibi başımı eğerek önünden geçiyordum. Saatlerce, günlerce sana, senin için çoktan geçmişte kalmış yıllardan; tüm hayatın boyunca yaşadığın olaylardan bahsedebilirim; fakat seni sıkmak istemiyorum, sana acı çektirmek istemiyorum. Sadece çocukluğumun en güzel anısını anlatmak istiyorum sana ve alay etmemeni rica ediyorum, çünkü küçük bir şey fakat o zamanlar bir çocuk olan benim için bir sonsuzluktu. Bir pazar günüydü. Sen seyahate çıkmıştın; uşağın, dövdüğü ağır halıları evin açık kapısından sürüklüyordu; o iyi adam halıları taşımakta zorlanıyordu; bir anda cesaretlenip yanına gittim ve yardım edebilir miyim, diye sordum. Şaşırmıştı, fakat yardım etmeme izin verdi ve böylece –nasıl bir saygıyla, hattâ âdeta huşu içinde, kendimden geçmişçesine yardım ettiğimi anlatamam!– Evinin içini, dünyanı, yazmak için oturduğun, üzerinde içinde birkaç çiçeğin olduğu mavi kristal bir vazonun durduğu masanı gördüm. Dolaplarını, resimlerini, kitaplarını. Sadece şöyle hızla, bir hırsızın kaçamak bakışıyla inceledim, hayatına baktım, çünkü Johann, o sadık insan her şeyi dikkatle seyretmemi kuşkusuz engellerdi, fakat ben bu tek bakışla evindeki tüm atmosferi içime çektim ve seni uyanıkken ve uykuda sonsuz düşleyebilmek için gerekli besini almış oldum.

O dakika, o kısa an çocukluğumun en mutlu ânıydı. Bu ânı sana, beni hiç tanımayan sana anlatmak istedim, bir yaşamın sana nasıl bağlı kaldığını ve yok olup gittiğini nihayet yavaş yavaş anlayabilesin istedim. Bu ânı ve diğer ânı da, o en korkunç saati de anlatmak istedim. Ben –daha önce de söylemiştim– o tarihlerde sana olan aşkım nedeniyle her şeyi unutmuştum, anneme aldırmıyordum, kimse umurumda değildi. Bu arada annemin uzaktan akrabası olan yaşlı bir beyin, Innsbrucklu bir işadamının bize sıklıkla geldiğini ve uzun süre kaldığını fark etmedim; benim işime geliyordu, çünkü bazen annemi alıp tiyatroya götürüyordu, ben de böylelikle yalnız kalabiliyordum, seni düşünebiliyor ve gidip gelişini takip ediyordum ve bu benim en büyük ve tek mutluluğumdu. Bir gün annem lafı geveleyerek beni odasına çağırdı; benimle ciddi şeyler konuşacağını söyledi. Bembeyaz kesildim ve hızla çarpan kalbimin sesini duydum; annem bir şeyler hissetmiş miydi? Aklıma ilk gelen sendin, beni dünyaya bağlayan sırrım. Fakat annem de biraz çekiniyordu, beni şefkatle bir kez, iki kez öptü, (oysa böyle bir şeyi asla yapmaz) kanepeye yanına oturttu ve sonra biraz tereddütle biraz sıkılarak anlatmaya başladı; o akrabası dulmuş ve kendisiyle evlenmek istiyormuş, annem de özellikle benim için onun evlenme teklifini kabul etmeye karar vermiş. Alev alev yanan kanım yüreğime hücum etti: sadece bir düşünce, içimdeki sadece sana ait düşüncem yanıt verdi. "Fakat burada kalacağız, değil mi?" diye kekeleyebildim sadece. "Hayır, Innsbruck'a taşınacağız, Ferdinand' ın orada güzel bir villası var." Sonrasını duymadım. Gözlerimin önünde her şey kararmıştı. Sonra öğrendim ki bayılmışım; annem, kapının arkasında duran üvey babama alçak sesle anlatırken duydum, birdenbire geri geri gidip ellerim havada, kurşun gibi yere yığılmışım. Sonraki günlerde neler olduğunu, çaresiz bir çocuk olan ben, onların güçlü iradelerine nasıl karşı koyduğumu anlatamam: şimdi bile o günü düşündüğümde bu mektubu yazan elim titriyor. Gerçek sırrımı açıklayamıyordum, bu nedenle karşı koymam onlara inatçılık, dediğim dediklik ve öfke olarak algılanıyordu. Artık hiç kimse benimle konuşmuyordu, her şey benden habersiz oluyordu. Taşınmak için benim okulda olduğum saatler düşünülmüştü: her eve geldiğimde birkaç eşya toplanmış ya da satılmış oluyordu. Evimiz gibi hayatımın da kayıp gittiğini görüyordum ve bir gün öğle yemeği için geldiğimde taşıma firmasının orada olduğunu ve her şeyi arabaya yüklediğini gördüm. Boş odalarda içi dolu valizler ve annemle benim için iki portatif yatak duruyordu: bir gece daha, son bir kez daha burada uyuyacak, sonra Innsbruck'a gidecektik.

O son gün ani bir kararlılıkla senden uzakta yaşayamayacağımı hissettim. Senden başka bir kurtuluşum yoktu. Böyle bir şeyi nasıl düşündüğümü, o çaresizlik içindeki saatlerde net düşünebildim mi, bunları sana asla anlatamayacağım, fakat birdenbire –annem bir yere gitmişti– senin dairene geldim, üzerimde okul giysilerim vardı. Hayır, gelmek denilmez buna: kaskatı kesilmiş bacaklarım, titreyen eklemlerimle mıknatıs gibi senin dairenin kapısına âdeta sürüklendim. Daha önce dediğim gibi ne istediğimi bilmiyordum: ayaklarına kapanmak, beni hizmetçi olarak, köle olarak yanında tutman için sana yalvarmak istiyordum, korkarım on beş yaşındaki bir kızın bu masum fanatizmine güleceksin, fakat – sevgilim, o gün apartmanın içindeki buz gibi soğukta nasıl durduğumu, korkudan donup kalmış fakat gene bilinmez bir güç tarafından öne itildiğimi ve titreyen kolumu kaldırabilmek için nasıl vücudumdan koparabildiğimi –korkunç saniyelerin sonsuzca sürdüğü bir savaştı– parmaklarımla nasıl kapı koluna bastırdığımı bilseydin, gülmezdin. Bugün bile hâlâ kulaklarımda çınlıyor o korkunç zil sesi ve sonrasındaki sessizlik, yüreğimin sustuğu, tüm kanımın akmaktan vazgeçtiği ve yalnızca senin gelip gelmediğini dinlediğim o sessizlik.

Fakat sen gelmedin. Hiç kimse gelmedi. Anlaşılan o öğleden sonra bir yere gitmiştin, Johann da alışverişe çıkmıştı; böylece zilin o ölü sesi kulaklarımda, el yordamıyla, dağılmış ve bomboş dairemize döndüm ve bir örtünün üzerine yığıldım, dört adımlık yolda saatlerce kalın karların içinde yürümüş gibi yorulmuştum. Fakat bu yorgunluğun altında beni koparıp götürmelerinden önce seni görme, seninle konuşma kararlılığı kor gibi yanıyordu. Ve sana yemin ederim ki bu düşüncelerimde herhangi bir şehvet arzusu yoktu, henüz tecrübesizdim, çünkü senden başka hiçbir şey düşünmüyordum: istediğim tek şey, sadece seni görmekti, bir kez daha seni görmek, sana sarılmak istiyordum. Bütün bir gece, o uzun, korkunç gece boyunca sevgilim, seni bekledim. Annem yatağa girip uyur uyumaz ne zaman eve geleceğini beklemek için gizlice hole çıktım. Bütün gece bekledim, buz gibi soğuk bir ocak gecesiydi. Yorgundum, tüm uzuvlarım ağrıyordu, oturacağım bir sandalye yoktu; bu nedenle soğuk zemine dosdoğru uzandım, kapının altından soğuk esiyordu. Üzerimde sadece ince giysilerim, vücudumu acıtan zeminde yatıyordum, bir battaniye almamıştım; çünkü sıcaklık istemiyordum, uyuyakalmaktan ve adımlarını duyamamaktan korkuyordum. Canım acıyordu, ayaklarımı iyice büzüp yukarı çekmiştim, kollarım titriyordu: sürekli ayağa kalkıyordum, korkunç karanlıkta hava öyle soğuktu ki. Fakat ben bekliyordum, yazgımı bekler gibi seni bekliyordum.

Sonunda –saat sabaha karşı iki ya da üç olmalıydı– aşağıda dış kapının açıldığını ve merdivenleri çıkan ayak seslerini duydum. O soğuk birden gitti üzerimden, her yanım ateş gibiydi, yavaşça kapıyı açtım sana koşmak, ayaklarına kapanmak için... Ah, ben aptal çocuk, o gün ne yaptığımı hiç bilmiyordum. Adımlar yaklaştı, mum ışığı titredi. Titreye titreye kapı kolunu tuttum. Gelen sen miydin?

Evet, gelen sendin sevgilim –fakat sen yalnız değildin. Hafif, neşeli bir kahkaha duydum, ipek bir elbisenin hışırtısını ve senin alçak sesini– eve bir kadınla gelmiştin...

O geceyi nasıl geçirdim anlatamam. Ertesi gün saat sekizde beni Innsbruck'a sürüklediler; karşı koyacak gücüm artık kalmamıştı.

Çocuğum dün gece öldü – ben artık yine yalnız olacağım, tabii eğer gerçekten yaşamaya devam edeceksem. Yarın gelecekler, yabancı, siyahlar içindeki o kaba adamlar gelecekler ve bir tabut getirecekler, içine benim zavallı, biricik çocuğumu koyacaklar. Belki arkadaşlarım da gelecek ve çiçekler getirecekler, fakat tabutun üzerindeki çiçeklerin ne anlamı var ki? Arkadaşlarım beni teselli edecekler ve bana bir şeyler söyleyecekler, sözcükler, kelimeler; fakat bunlar bana yardımcı olabilir mi? Biliyorum, gene yalnız kalacağım. İnsanlar arasında yalnız kalmaktan daha korkunç bir şey yok. Ben bunu o geçmişte öğrendim, Innsbruck'ta geçirdiğim o sonsuz gibi gelen iki yıl içinde, on altı yaşımdan on sekiz yaşıma kadar ailemin yanında bir mahkûm, istenmeyen biri gibi yaşadığım o iki yılda öğrendim. Çok sakin, az konuşan biri olan üvey babam bana karşı iyiydi, annem farkında olmadan yaptığı bir haksızlığı düzeltmek istercesine tüm arzularımı yerine getirmeye hazırdı, genç insanlar etrafımı sarmıştı, fakat ben onların hepsini tutkulu bir inatla geri çeviriyordum. Senden uzakta mutlu olmak, memnun olmak istemiyordum; kendimi acılar ve yalnızlıktan oluşturduğum karanlık bir dünyaya gömmüştüm. Bana satın aldıkları renkli, yeni giysileri giymedim, konserlere, tiyatrolara gitmemek için ya da neşeli gruplarla gezilere katılmamak için direndim. Neredeyse sokağa adımımı atmadım. İki yıl boyunca yaşadığım bu kentte on sokak bile tanımadığımı söylesem bana inanır mısın, sevgili. Ben matemdeydim ve matemimi yaşamak istiyordum, seni görmekten mahrum kaldığım her yoksunlukla kendimden geçiyordum. Ve sonra: sadece sende ve seninle yaşamak istiyor ve bu tutkumdan da vazgeçmek istemiyordum. Yalnız başıma evde oturuyordum, saatlerce, günlerce; seni düşünmekten başka bir şey yapmıyordum, sürekli seninle ilgili yüzlerce küçük hatırayı, her karşılaşmayı her bekleyişi kendim için yeniliyor, bunlardan kendime âdeta tiyatro sahnesindeymişiz gibi küçük hikâyeler canlandırıyordum. Ve geçmişte yaşadığım şeyleri sayısız defa kendi kendime tekrar ettiğim için geçmiş yılların her dakikasını sanki dün olmuş gibi son derece sıcak ve canlı hissediyordum.

O tarihte sadece seni yaşadım. Bütün kitaplarını satın aldım; gazetede adının geçtiği gün benim için bayramdı. Senin tüm kitaplarını defalarca okuduğum için her satırını ezberlediğimi biliyor musun? Biri beni uykudan uyandırıp kitaplarının birinden herhangi bir satırı okusa, bugün bile hâlâ, on üç yıl sonra bugün hâlâ rüyada gibi devamını getiririm: senin kullandığın her sözcük benim için işte böyle ezberlediğim Tanrı kelamı ve duaydı. Benim için tüm dünya sen varsın diye vardı. Viyana gazetelerindeki konserleri, prömiyerleri, sadece sen hangisine ilgi duyuyorsun düşüncesiyle okuyordum ve akşam olduğunda sana ta uzaklardan eşlik ediyordum: şimdi salona giriyor, şimdi oturuyor, diyordum. Seni sadece bir kez konserde gördüğüm için binlerce kez aynı şeyi düşleyebiliyordum.

Fakat bunları anlatmak neye yarar, terk edilmiş bir çocuğun kendine karşı delicesine öfkesini, trajik, çaresizce saplantısını anlatmak, bundan hiç haberi olmayan, hiçbir şey bilmeyen birine anlatmak. Fakat o tarihlerde gerçekten bir çocuk muydum? On yedi oldum, on sekiz oldum – sokaktaki genç delikanlılar arkamdan bakmaya başlamışlardı, ama onlar beni yalnızca sinirlendiriyordu. Çünkü senin dışında biriyle aşk yaşamak ya da bir aşk oyunu oynamak düşüncesi bile imkânsız, inanılmaz derecede yabancıydı, evet hattâ böyle bir şeyi denemek bile benim için âdeta bir suçtu. Sana olan tutkum aynıydı, sadece bedenimle, uyanan duygularımla daha ateşli, daha tutkulu, daha kadınsı olmaya başlamıştı. Geçmişte, bulanık ve toyca isteğiyle senin kapının zilini çalan çocuğun fark edemediği şey, şimdi benim tek düşüncem olmuştu: kendimi sana sunmak, senin olmak.

Çevremdeki insanlar ürkek ve utangaç olduğumu düşünüyorlardı (sırrımı kimseye açmamıştım). Fakat içimde çelik gibi bir irade vardı. Tüm düşüncem ve çabam tek bir noktada toplanmıştı: Viyana'ya dönmek, sana dönmek istiyordum.

Başkalarına ne kadar anlamsız ve anlaşılmaz gelse de bu isteğimi sonunda kabul ettirdim. Üvey babam zengindi, beni kendi öz çocuğu gibi görüyordu, fakat ben kendi paramı kendim kazanmak istediğim konusunda deli gibi ısrarcı olunca, Viyana'da bir akrabanın büyük bir konfeksiyon mağazasında çalışmak için onları ikna edebildim.

Puslu bir sonbahar akşamı –sonunda! Nihayet!– Viyana'ya vardığımda ilk nereye gittiğimi sana söyleyeyim mi? Valizlerimi garda bırakıp bir tramvaya atladım –tramvay bana göre çok yavaş gidiyordu, her durakta durması beni kızdırıyordu– evinin önüne koştum. Pencerelerinde ışık vardı, yüreğim küt küt atıyordu. Bana o zamana kadar öylesine yabancı, öylesine anlamsızca gelen kenti ancak şimdi yaşıyordum, ancak şimdi, seni, benim sonsuz düşüm olan seni yakınımda hissettiğim andan itibaren yaşamaya başlıyordum. Fakat o zamanlar aslında senin düşüncelerine, vadilere, dağlara ve ırmaklara uzak olduğum kadar uzak olduğumu tahmin edemezdim tabii ki; çünkü bana göre senin pencerenle benim parıldayan bakışlarım arasında sadece pencerenin ince ve parlak camı vardı. Sadece yukarıya bakıyordum, yukarıya: orada ışık vardı, orada ev vardı, orada sen vardın, orada benim dünyam vardı. İki yıl boyunca bu ânın hayalini kurmuştum ve şimdi bana armağan edilmişti. O uzun, yumuşak, puslu akşam pencerenin ardındaki ışıklar sönene kadar oradan ayrılmadım. Ancak sonra kalacağım yerin yolunu tuttum.

Her akşam evinin önünde duruyordum. Saat altıya kadar mağazada çalışıyordum. İşim zor ve yorucuydu, fakat benim daha hoşuma gidiyordu, çünkü bu yorgunluk kendi acımı o kadar şiddetli hissetmemi engelliyordu. Ve mağazanın demir kepenkleri iner inmez en sevdiğim şeye koşuyordum. Seni bir kez olsun görmek, seninle karşılaşmak, uzaktan da olsa yüzünü bir kez olsun görmek tek arzumdu. Takriben bir hafta sonra nihayet seninle karşılaşabildim, üstelik hiç beklemediğim bir anda: yukarıya senin evinin pencerelerine bakarken sen sokağın karşısından çıkageldin. Ben birdenbire gene çocuk olmuştum, on üç yaşında bir çocuk, kanımın âdeta yanaklarıma hücum ettiğini hissettim; seni özleyen, gözlerini hissetmek isteyen içimdeki yükselen isteğe rağmen hemen başımı eğdim ve yıldırım hızıyla kaçarcasına oradan uzaklaştım. Sonrasında okul çağındaki kızlar gibi ürkerek kaçtığım için utandım, çünkü artık ne istediğimi biliyordum: seninle karşılaşmak istiyordum, seni arıyordum, tüm o özlemle geçen onca yıldan sonra senin beni tanımanı istiyordum, beni fark etmeni istiyordum, beni sevmeni istiyordum.

Fakat her akşam, hattâ tipi halinde yağan karda, Viyana' nın o sert ve keskin rüzgârında bile evinin sokağında beklediğim halde, sen uzun süre beni fark etmedin bile. Çoğu zaman saatlerce boşu boşuna seni bekliyordum, çoğu zaman evden tanıdıklarınla birlikte çıkıyordun, iki kez seni kadınlarla beraber gördüm, işte o zaman büyüdüğümü hissettim, seni yabancı bir kadınla kol kola giderken gördüğümde, birdenbire başlayan ve içimi acıtan yürek çarpıntılarım sana olan duygularımda yeni, başka bir şey olduğunu söylüyordu. Şaşırmamıştım. Senin bu sonsuz kadın ziyaretçilerini çocukluk günlerimden beri biliyordum, fakat şimdi nedense tüm bedenim acıyordu, başka bir kadına duyduğun bu apaçık, tensel yakınlık içimde düşmanca ve kıskanç bir gerginliğe neden oluyordu. Bir gün çocukça bir gururla, –belki şimdi hâlâ öyleyimdir– evinden uzak kaldım, gelmedim: fakat inat ve isyanla dolu o bomboş akşam korkunçtu. Ertesi akşam bütün yazgım boyunca bana kapalı olan hayatının önünde beklediğim gibi gene boynum eğik kapının önünde bekliyordum.

Ve sonunda bir akşam beni fark ettin. Ben seni ta uzaktan gelirken görmüştüm ve senden kaçmamak için tüm gücümü toplamıştım. Tesadüf bu ya, tam o sırada yükünü boşaltan bir kamyon caddenin neredeyse tamamını kapatmıştı ve sen benim çok yakınımdan geçmek zorunda kalmıştın. Farkında olmadan dalgın bakışların bana takıldığında ve sana dikkatle bakan bakışlarımla karşılaştığında, senin o meşhur bakışına, bir kadın gördüğünde değişen –o ânı hatırlamak nasıl da korkutmuştu beni– okşayan, saran, aynı zamanda soyan bakışlara dönüşmüştü, henüz bir çocuk olan bende kadınsı duygular uyandıran, seven bir kadının duygularını uyandıran bakışlara. Bir iki saniye boyunca bu bakışlar, kendini onlardan kurtaramayan, kurtarmak da istemeyen bakışlarımı tutsak etti – sonra yanımdan geçip gittin. Kalbim çarpmaya başlamıştı: farkında olmadan adımlarım yavaşladı ve önüne geçemediğim bir merakla dönüp arkama baktığımda senin orada öylece durduğunu ve arkamdan bana baktığını gördüm. Ve nasıl da merak dolu bir ilgiyle beni izlediğini gördüğümde hemen anladım: Beni tanımamıştın.

Beni tanımamıştın, o gün tanımadın, asla, asla beni tanımadın. O saniye yaşadığım hayal kırıklığını sana nasıl anlatabilirim sevgili – o gün beni tanımadığın için ilk kez acı duydum, senin tarafından tanınmama yazgısını bütün bir ömür yaşadım ve onunla da öleceğim; tanınmamış, senin tarafından hâlâ tanınmamış bir şekilde. O hayal kırıklığını sana nasıl anlatabilirim? Çünkü bak, Innsbruck'taki o iki yılın her saatini seni düşünerek ve Viyana'daki ilk karşılaşmamızın nasıl olacağını hayal ederek geçirmiştim. Her defasında o anki ruh halime bağlı olarak mutlu ihtimallerin yanısıra en kötü ihtimalleri de düşünmüştüm; kendimi kötü hissettiğim anlarda, çok önemsiz, çok çirkin, çok ısrarcı olduğum için beni reddedeceğini, beni aşağılayacağını geçirmiştim aklımdan. Senden gelecek her türlü tersliğe, soğukluğa, kayıtsızlığa hazırdım, hepsini tutkulu hayallerimde canlandırmıştım – fakat bunu, bunu en karanlık anlarımda, kendimi bir hiç olarak gördüğüm anlarda bile, ihtimaller içindeki en korkuncunu, beni kesinlikle tanımayacağını hiç ama hiç hesap etmemiştim. Bugün ise anlıyorum – ah, sen bana bunu anlamayı öğrettin! –, bir genç kızın yüzü, bir kadının yüzü bir erkek için inanılmaz değişkendir; çünkü o yüz, çoğu zaman kâh bir tutkunun, kâh bir çocuksuluğun, kâh bir yorgunluğun aynasıdır yalnızca ve tıpkı aynadaki görüntü gibi kayar gider, öyle ki bir adam bir kadının yüzünü kolayca unutabilir, çünkü kadının yaşı ışık ve gölgeler gibi değiştirir yüzünü ve giysiler de her defasında kadını başka türlü gösterir. Kaderine boyun eğenler gerçek anlamda bilge kişilerdir. Fakat o tarihlerde bir genç kız olan ben senin unutkanlığını anlayamamıştım, çünkü seni sonsuzca ve sürekli düşünmek bende senin de beni sıklıkla düşündüğün ve beni beklediğine dair çılgınca bir düşünce uyandırmıştı; senin için hiçbir şey ifade etmediğimi, benimle ilgili hiçbir şeyi hatırlamadığını bilseydim nefes alabilir miydim hiç? Sende beni tanıyan hiçbir şey olmadığını, senin hayatından benim hayatıma uzanan bir örümcek ağı kadar ince, küçücük bir hatıra bağının bile olmadığını gösteren bakışın karşısındaki o uyanışım, gerçekliğin içine ilk düşüşüm, yazgımı ilk sezişim, ilk algılayışımdı.

O gün beni tanımamıştın. Ve iki gün sonra tekrar karşılaştığımızda bakışların belli bir samimiyetle beni sarınca, beni, seni seven ve duygularını uyandırdığın biri olarak değil, iki gün önce aynı yerde karşılaştığın o on sekiz yaşındaki genç kız olarak tanıdın. Sempatik bir şaşkınlıkla bana baktın, hafif bir gülümseme belirdi dudaklarında. Gene yanımdan geçtin ve gene adımların birden yavaşladı: ben titremeye başlamıştım, sevinçten bağıracak gibiydim, benimle konuşman için dua ediyordum. İlk kez senin gözünde var olduğumu hissetmiştim: benim adımlarım da yavaşladı, senden kaçmadım. Dönmediğim halde birden seni arkamda hissettim; biliyordum, sevgi dolu sesinle ilk kez bana sesleneceğini biliyordum. İçimdeki beklenti felç olmuş, kımıldamadan bekliyordu, kalbim öyle atıyordu ki orada öylece kalıvermekten korkuyordum – tam o anda yanıma geldin. Sanki uzun zamandan beri arkadaşmışız gibi kendine özgü o tavrınla konuştun benimle – ah, benimle ilgili hiçbir şey bilmiyordun, hayatım hakkında en ufak bir fikrin yoktu! – öyle büyüleyici ve rahat konuştun ki benimle, sana cevap bile verebildim. Bir süre sokakta yürüdük. Sonra yemeğe gidelim mi, diye sordun. Evet, dedim. Sana nasıl hayır diyebilirdim ki?

Küçük bir restoranda yemek yedik – neresi olduğunu anımsıyor musun? Ah, hayır, eminim bu tür akşamları birbirinden ayırt edemiyorsundur, ben senin için kimdim ki? Yüzlerce kadından biri, sonsuzca devam eden bir zincirin halkası. Beni anımsayabileceğin ne vardı ki: çok az konuşuyordum, çünkü senin o kadar yakınında olduğum ve benimle konuştuğunu duyduğum için son derece mutluydum. Bir soru, ya da aptalca tek bir sözcükle bir ânı bile harcamak istemiyordum. O birlikte geçirdiğimiz saatlerde sana olan tutkulu hayranlığıma incelikle, tatlılıkla karşılık verdiğin, ısrarcı yakınlaşmalara, aceleci okşayışlara başvurmadığın, son derece kibar davrandığın için ve ilk andan itibaren güvenilir ve dostça yakınlık gösterdiğin için sana sonsuz teşekkür borçluyum, uzun zamandır tüm iradem ve varlığımla senin olmasaydım da beni kazanırdın. Ah, beş yıldır çocukça beklentilerimi hayal kırıklığına uğratmadığın için ne kadar büyük bir şey yaptığını tahmin bile edemezsin!

Saat geç olmuştu, kalktık. Restoranın çıkışında acelem olup olmadığını, zamanımın olup olmadığını sormuştun. Seni reddedemeyeceğimi nasıl gizleyebilirdim! Zamanımın olduğunu söyledim. Derken hafif duraksadıktan sonra çabucak, biraz sohbet etmek için bana gidelim mi, diye sordun. "Memnuniyetle" diye yanıtladım içimden geldiği gibi, o sırada hemen evet deyişimden biraz şaşırdığını, fakat sevindiğini, her halükârda gözle görülür bir şekilde şaşırdığını fark ettim. Bugün o şaşkınlığının nedenini anlıyorum; çünkü kadınlar genellikle biriyle birlikte olmak için ne kadar yanıp tutuşurlarsa tutuşsunlar bunu gizlemeye çalışırlar, korkmuş gibi yaparlar ya da ısrarlar, yalanlar, yeminlerle sözde öfkelerinin yumuşatılmasını beklerler. Biliyorum, böyle bir daveti ancak aşkın profesyonelleri, orospular ya da tam büyümemiş çocuklar sevinçle kabul ederler. Fakat benim içimdeki –sen nasıl tahmin edebilirdin ki bunu– söze dökülmüş bir istekti yalnızca, her binlerce günün özleminin dışavurumuydu: Öyle ya da böyle: etkilenmiştin, senin ilgini çekmiştim. Yolda yürürken, konuşurken yan yan şaşkınlıkla beni incelediğini hissediyordum. Duyguların, insana dair büyüleyici bir şekilde her şeyden emin olan o duyguların bu hoş kızda olağanüstülüğün, bir gizemin olduğunu bir çırpıda anlamıştı. İçindeki meraklı kişi uyanmıştı ve ben, dolambaçlı, iz süren sorularından nasıl da bu gizeme ulaşmaya çalıştığını anlıyordum. Fakat son derece dikkatliydim, sırrımı ele vermektense deli görünmeyi tercih ederdim.

Senin evine çıktık. Bu çıkışın, bu merdivenlerin nasıl bir heyecan, nasıl bir karışıklık, çılgınca, ıstırap verici, neredeyse öldürücü bir mutluluk olduğunu anlayamadığını söylersem beni bağışla sevgili. Şimdi bile bunları gözlerim dolmadan düşünemiyorum ve artık gözlerimde yaş kalmadı. Fakat oradaki her nesnenin benim tutkumla dolu olduğunu, her birinin benim çocukluğumun, benim tutkumun bir sembolü olduğunu hissetmeye çalış: önünde binlerce kez seni beklediğim dış kapı, seni ilk kez gördüğüm ve her defasında adımlarını dinlediğim merdivenler, tüm yüreğimle gelişini izlediğim kapı dürbünü, dairenin kapısının önünde bir defasında üzerinde diz çöktüğüm paspas, sessizce seni beklerken beni yerimden sıçratan kilit içindeki anahtar sesi. Tüm çocukluğum, tüm tutkum bu birkaç metrekarelik yerdeydi, burası benim bütün yaşamımdı, ve şimdi tüm arzular gerçekleşmişti, ben seninle gidiyordum, seninle, senin evinde, bizim evimizde tüm hayatım bir fırtına gibi üzerime çöküyordu. Düşünsene –kulağa çok basit, çok sıradan gelecek belki, fakat başka nasıl söyleyeyim bilmiyorum,– senin kapına gelinceye kadar her şey gerçekti, yaşamım boyunca sıradan olan, bulanık, günlük dünyaydı, kapının önünde ise Aladdin'in dünyası, bir çocuğun büyülü dünyası başlıyordu, düşünsene sendeleye sendeleye geçtiğim bu kapıya geçmişte binlerce kez yanan gözlerimi dikmiştim ve sen sevgili, sen, o dakikada yaşamımdan neler gittiğini hissedebilirsin – fakat sadece hissedebilirsin, nasıl olduğunu tam olarak asla bilemezsin.

Bütün gece yanında kalmıştım. Senden önce hiçbir erkeğin bana dokunmadığını, hele bedenimi asla hissetmediğini, bedenimi görmediğini anlamamıştın. Fakat nasıl anlayabilirdin ki sevgili, çünkü sana hiç karşı koymamıştım, utancın her tereddüdünü bastırmıştım, sana âşık olduğumu öğrenmeyesin ve ürkmeyesin diye – çünkü sen sadece kolay, eğlenceli, hafif şeyleri seversin, birinin kaderine dâhil olmaktan korkarsın. Kendini sonuna kadar vermek istersin, sen kendini herkese, dünyaya vermek ister bunun için fedakârlık yapmak istemezsin. O gece sana kızlığımı verdim desem, sevgilim, yalvarırım sana yanlış anlama beni! Seni suçlamıyorum, beni kendine çekmedin, bana yalan söylemedin, beni baştan çıkarmadın – ben, ben kendim sana geldim, ben senin kollarına atıldım, kendimi kaderime bıraktım. Asla, asla seni suçlamayacağım, hayır, her zaman sana teşekkür edeceğim, çünkü o gece zevkten ve mutluluktan âdeta uçtum. Karanlıkta gözlerimi açıp seni yanımda hissettiğimde başımın üzerinde yıldızların olmadığına hayret ettim, çünkü öylesine yakın hissediyordum gökyüzünü – hayır, ben asla pişman olmadım sevgilim, geçirdiğimiz o saatler için. Hâlâ anımsıyorum: sen daha uyurken, nefesini duyarken, bedenini hissederken ve ben sana o kadar yakınken işte o an karanlıkta mutluluktan ağladım.

Sabah olduğunda erkenden çıkmak için acele ediyordum. Mağazaya gitmem gerekiyordu ve uşağın gelmeden gitmeliydim: uşak beni görmemeliydi. Üstümü giyip yanına geldiğimde beni kollarına aldın, uzun süre beni seyrettin; içinde hareket eden şey, karanlıklarda ve uzaklarda, anımsadığın bir şey miydi, yoksa sadece gözüne güzel mi görünmüştüm? Sonra dudaklarımdan öptün, yavaşça kollarından ayrıldım ve gitmeye hazırlandım. Tam o sırada sordun: "Birkaç çiçek almak ister misin?" Evet, dedim. Yazı masasının üzerindeki mavi kristal vazodan (ah, o vazoyu evine ilk kez girdiğimde o çocuksu kaçamak, *hırsız* bakışlarımdan tanıyordum) dört beyaz gül alıp bana verdin. Günlerce öptüm onları.

Bir başka akşam buluşmaya karar vermiştik, o akşam da muhteşemdi. Ve bana üçüncü bir gece armağan ettin. Sonra seyahate çıkmak zorunda olduğunu söyledin – ah, çocukluğumdan beri o seyahatlerden nasıl da nefret ederdim! – ve sonra, döndüğünde beni arayacağına söz verdin. Sana posta adresi verdim – adımı sana söylemek istemiyordum. Sırrımı koruyordum, veda için yine birkaç gül verdin – veda için.

Seyahatte olduğun iki ay boyunca her gün sordum ... fakat hayır, o cehennem benzeri acı içinde bekleyişimi, çaresizliğimi sana niçin anlatayım ki? Seni suçlamıyorum, seni olduğun gibi, ateşli ve unutkan, tamamen kendini veren ve sadık olmayan biri olarak seviyorum, seni geçmişte nasıldıysan ve şimdi nasılsan öyle seviyorum. Çoktan gelmiştin, bunu ışıkla aydınlanan pencerelerinden görüyordum ve bana yazmamıştın. Ömrümün son saatlerinde senden tek bir satır yok, ömrümü verdiğim senden tek bir satır. Bekledim, çaresiz biri gibi bekledim. Fakat beni çağırmadın, tek bir satır yazmadın... tek bir satır...

Çocuğum dün öldü – o senin de çocuğundu. O senin de çocuğundu, sevgili, birlikte geçirdiğimiz o üç geceden olan çocuk, sana yemin ederim, insan ölümün gölgesindeyken yalan söylemez. O bizim çocuğumuzdu, sana yemin ederim, çünkü kendimi sana verdiğim o saatlerden sonra hiçbir erkeğin eli değmedi bana, çocuğumuz oluncaya kadar, çünkü o benim bedenimden doğmuştu. Senin bana dokunuşunla kutsanmış gibiydim: bu nedenle benim için her şey demek olan senle, hayatıma şöyle bir değip geçmiş olan diğerleri arasında kendimi nasıl paylaşabilirdim? O bizim çocuğumuzdu sevgili, benim bilinçli, bilerek yaşadığım aşkımın, senin ise kayıtsızca, müsrifçe neredeyse farkında bile olmadan verdiğin sevginin çocuğuydu, bizim çocuğumuzdu, bizim oğlumuzdu, bizim yegâne çocuğumuzdu. Fakat şimdi soruyorsundur –belki korkmuş, belki de sadece şaşırmış olarak–, bu çocuğu onca yıl neden sakladığımı soruyorsundur, neden şimdi ondan sana bahsettiğimi soruyorsundur, çünkü o burada karanlıkta uyuyorken, sonsuzca böyle kalacakken, gitmeye hazır, bir daha hiç dönmeyecekken, bir daha asla dönmeyecekken! Fakat sana nasıl söyleyebilirdim ki? Hiç karşı koymadan, hattâ büyük bir arzuyla üç gece seve seve seninle birlikte olmuş, kendini sana vermiş bir yabancıya, öylesine tanıştığın, ismini bilmediğin birine, bana asla inanmazdın, benim sana, sadık olmayan sana sadık kaldığıma inanmazdın, – hiç tereddüt etmeden çocuğumuzu kendi çocuğun olarak asla kabul etmezdin! Hattâ benim sözlerim böyle bir ihtimali sana düşündürtseydi bile, senin gibi varlıklı bir adama başkalarından olma çocuğumu yamamaya çalıştığımı düşünecek, bu kuşkuyu hep içinde taşıyacaktın. Benden hep kuşku duyacaktın, senle aramda kuşkunun uçuşan, ürküten gölgesi olacaktı daima. Bunu istemedim. Ve sonra, ben seni tanıyorum; seni öyle iyi tanıyorum ki sen bile kendini o kadar iyi tanımıyorsundur, aşkta umursamazlığı, hafifliği, eğlenceyi seven biri olan senin için birdenbire baba olmak, birdenbire birinin kaderinden sorumlu olmak korkunç bir şeydir. Sadece özgür iken nefes alabilen sen, kendini bir şekilde bağlı hissedecektin. Sen benden evet, istemezsen de yapardın, biliyorum – nefret ederdin, bu bağımlılık için benden nefret ederdin. Belki sadece saatlerce, belki de sadece birkaç dakika sana yük gibi gelecek, nefret edeceğin bir kişi olacaktım – oysa gururum, beni bir ömür boyu kaygısızca düşünmeni istiyordu. Sana bir yük olmaktansa her şeyi üstlenmeye razıydım ve birlikte olduğun bütün kadınlarının içinde her zaman sevgi ve şükranla anacağın biri olmak istedim. Fakat kuşkusuz sen beni hiç düşünmedin, beni unuttun.

Seni suçlamıyorum, sevgilim, hayır suçlamıyorum seni. Bağışla beni, arada bir kalemimden acı sözler dökülüyorsa da, bağışla beni – çocuğum, çocuğumuz titrek mum ışığında ölü yatıyor; Tanrı'ya yumruklarımı sıktım ve onu katil ilan ettim, duygularım bulanık ve karışık. İsyanımı bağışla, bağışla isyanımı! Senin iyi biri olduğunu, yüreğinin derinliklerinde yardımsever olduğunu, herkese yardım ettiğini, senden yardım dileyen yabancılara bile yardım ettiğini biliyorum. Senin iyiliğin öyle tuhaf ki, herkese açık, herkesin elinin dolabildiği kadar alabileceği bir şey, senin iyiliğin büyük, sonsuzca büyük, fakat o –bağışla beni– senin iyiliğin yavaş, tembel bir iyilik. Çağrılmak, istenmek ister. Sen, insanlar seni çağırdığında, senden rica ettiklerinde yardım ediyorsun, utandığın için, zayıflığından yardım ediyorsun, yardımla mutlu olduğu için değil. Sen –açıkça söylememe izin ver– çaresizlik ve acı içindeki insanlardan değil, mutluluk içindeki insanlardan hoşlanırsın. Ve senin gibi olan insanlardan, içlerindeki en iyilerden bile kolay kolay bir şey istenmez. Bir defasında henüz bir çocuktum, kapı dürbününden, zilini çalan bir dilenciye bir şeyler verirken nasıl davrandığını gördüm. O daha bir şey istemeden çarçabuk, fazlaca verdin, ona verirken âdeta korkuyordun ve bir an önce gitsin diye acele ediyordun, sanki onun gözlerine bakmaktan korkuyordun. Senin bu huzursuzca, ürkek, teşekkür duymaktan kaçınan yardım etme biçimini asla unutmadım. Bu nedenle sana dönmedim. Elbette, elbette, çocuğun senden olduğundan emin olmasan da bana yardım ederdin. Beni teselli eder, bana para, çokça para verirdin ama hep sabırsızca ve huzursuzca beni kendinden uzaklaştırarak; evet, sanırım vakit kaybetmeden çocuğu aldırmam konusunda beni ikna ederdin. Ve en çok da bundan korkuyordum – çünkü istediğin bir şeyi nasıl yerine getirmezlik ederdim, sana nasıl hayır diyebilirdim! Fakat bu çocuk benim için her şeydi, senden bir parçaydı, ikinci bir sendi, fakat sen değildi, mutlu, kaygısız, yanımda tutmayı başaramadığım sen değildi, aksine –öyle sanıyordum ki– her zaman için bana verilmiş, benim bedenimde tutuklanmış, yaşamıma bağlı olandı. Ve işte nihayet seni yakalamıştım, seni, senin yaşamının damarlarımda büyüdüğünü hissedebiliyordum, seni besliyor, içiriyor, yüreğim istediğinde okşayabiliyor, öpebiliyordum. Gördün mü sevgili, bu nedenle, senden bir çocuğum olacağını bildiğim için çok mutluydum, bu nedenle sana bir şey söylemedim: çünkü artık benden kaçamazdın.

Elbette, olabileceğine ihtimal verdiğim, hayal ettiğim mutlulukla dolu aylar yaşamadım sadece, dehşet ve acı dolu aylar, insanların pislikleri karşısında iğrendiğim aylar da oldu. Hayatım kolay değildi. Son aylarda akrabaların dikkatini çekmemek için ve hamileliğimi fark edip eve haber vermemeleri için mağazaya gitmedim. Annemden para rica etmek de istemiyordum – bu nedenle sahip olduğum az miktardaki mücevherleri satarak çöküşe kadar bir süre idare ettim. Doğumdan önceki hafta çamaşırcı kadın dolaptaki son kronları çalınca bir doğumhaneye gitmek zorunda kaldım. Çok yoksulların, toplum dışına itilmişlerin ve kimsesizlerin çaresizlik içinde sığındıkları o yerde, yoksulluğun tam ortasında, orada çocuk, senin çocuğun dünyaya geldi. Orası ölmek içindi: yabancı, yabancı, her şey yabancıydı, orada yatan bizler de birbirimize yabancıydık, yapayalnız ve kendimiz dışındaki herkese karşı nefret doluyduk. Sadece yoksulluk ve aynı acıyla karanlık, kloroform ve kan kokan, çığlık ve inlemelerle dolu bu salona dolmuştuk. Yoksulluğun insanı nasıl alçalttığını, ruhunu ve bedenini aşağıladığını, fahişeler ve hastalarla birarada olduğumuz orada ortak bir yazgının ortak bir bayağılığa dönüştüğünü orada, savunmasız hastaların üzerindeki örtüyü alaycı bir gülümsemeyle açan genç doktorların sahte bir bilimsellikle, umursamazca onları muayene ederkenki davranışlarında, hastabakıcıların açgözlülüklerinde gördüm ve yaşadım – ah, orada bir insanın utancı, bakışlarla çarmıha geriliyor ve sözlerle kırbaçlanıyor. İnsan orada bir tahtaya yazılmış isimdir yalnızca, çünkü yatakta yatan ve arada bir titreyen bir et parçasıdır, meraklıların ellediği, seyrettiği ve incelediği bir nesnedir yalnızca – ah, kendi evlerinde, şefkatle bekleyen kocalarına çocuklar armağan eden kadınlar, tek başına, korunmasız, bir deneme tahtasında çocuk dünyaya getirmenin ne demek olduğunu asla bilemezler! Ve bugün bile bir kitapta cehennem sözcüğünü görsem, elimde olmadan o leş gibi kokan, iniltiler, kahkahalar ve kanlı çığlıklarla çınlayan, âdeta üst üste yığılmış kadınlarla dolu, utancın mezbahası olan, acı çektiğim o hastane koğuşu aklıma gelir.

Bağışla, bağışla beni, bunları anlattığım için. Fakat sadece bir kez bahsedeceğim, bir daha asla, asla bunları konuşmayacağım: on bir yıl sustum ve yakında da ebediyen sessiz kalacağım, fakat bir kez haykırmak zorundayım, benim mutluluğum olan ve karşılığında büyük bedel ödediğim çocuğumun orada nefes almadan yattığını haykıracağım. Doğumhanede yaşadıklarımı çoktan unutmuştum, çocuğumun gülümseyişini, sesini duyduğumda çoktan unutmuştum; fakat şimdi, o öldüğü için azap yeniden canlandı ve ben bu azabı tüm yüreğimden dışarı haykırmak istiyorum, sadece bir defa, bir kez. Seni suçlamıyorum, sadece Tanrı'yı, bu azabı anlamsız hale getiren Tanrı'yı suçluyorum. Seni suçlamıyorum, yemin ederim, öfkelendiğimde bile. Hattâ bedenim acılar içinde kıvrandığında, öğrencilerin dokunan bakışları altında utançtan cayır cayır yandığında, acı yüreğimi parçaladığında bile seni Tanrı önünde suçlamadım; hayatım boyunca seninle geçirdiğim o gecelerden dolayı pişman olmadım, sana olan aşkımı asla suçlamadım, seni her zaman sevdim ve benimle karşılaştığın ânı her zaman kutsal saydım. Ve bugün o cehennem saatlerini bir daha yaşayacağımı bilsem, beni nelerin beklediğini bilsem, aynı şeyleri bir kez daha yapardım sevgili, bir kez daha, binlerce kez daha!

Çocuğumuz dün öldü – sen onu hiç tanımadın. Hiçbir zaman hattâ tesadüfen, kaçamak karşılaşmalarda bile bu çiçek gibi açan küçük varlık, şöyle bir geçerken bile senin varlığın, senin bakışların tarafından okşanmadı. Çocuğumu doğurduktan sonra uzun süre senden kaçtım; sana duyduğum özlem daha az acı veriyordu; evet sanırım, seni daha az tutkuyla seviyordum, en azından bu çocuk olduğundan beri aşkım nedeniyle o kadar acı çekmiyordum. Onunla senin aranda bölünmek istemiyordum; bu nedenle kendimi sana, benden uzakta mutlu yaşayan sana değil, bana ihtiyacı olan, beslemek zorunda olduğum, öpebildiğim ve sarılabildiğim bu çocuğa adadım. Sana olan hislerim nedeniyle yaşadığım mutsuzluktan, kaderimden, senin bir başka parçan olan çocuğumuz, gerçekten benim olan çocuğumuz sayesinde kurtulmuştum – artık nadiren, çok nadiren duygularıma yenik düşüp evinin yakınına geliyordum. Sadece tek bir şeyi sürdürdüm: doğum günlerinde sana hep bir demet beyaz gül gönderiyordum, tıpkı birlikte geçirdiğimiz ilk aşk gecemizden sonra bana hediye ettiklerin gibi. Geçen bu on, on bir yıl içinde bu gülleri kimin gönderdiğini hiç kendine sordun mu? Sen de bir zamanlar bir kadına böyle güller hediye ettiğini anımsadın mı? Bilmiyorum, ve senin yanıtını da öğrenemeyeceğim. Karanlıklar içinden onları sana uzatmak, o saatlerin anısını yılda bir kez canlandırmak – bu benim için yeterliydi.

Sen onu, zavallı çocuğumuzu hiç tanımadın – bugün onu sana hiç göstermediğim için kendimi suçluyorum, çünkü görseydin onu severdin. Onu, o zavallı oğlan çocuğunu hiç tanımadın, onu gülümserken hiç görmedin, yavaşça göz kapaklarını kaldırıp o koyu renkli gözleriyle, –senin gözlerinle!– aydınlık, neşeli bir ışığı üzerime, dünyaya gönderdiğinde nasıl gülümsediğini görmedin. Ah, o kadar neşeli, o kadar sevimliydi ki: varlığının tüm o hafifliği onda çocuksu bir şekilde yeniden vücut bulmuştu, o hızlı, canlı hayal gücün onda yenilenmişti; saatlerce, tıpkı senin hayatla oynadığın gibi o da büyük bir aşkla eline geçirdiği her şeyle oynardı, sonrasında ise büyük bir ciddiyetle kaşlarını kaldırır, kitaplarının başına geçerdi. Gittikçe sana daha çok benzemeye başlamıştı; hattâ sendeki o ciddiyet ve oyun ikilemi gözle görülür bir şekilde onda da gelişmeye başlamıştı ve o sana benzedikçe onu daha da çok seviyordum. Okulda iyiydi, Fransızcayı çok güzel konuşuyordu, defterleri sınıftaki en temiz defterlerdi ve nasıl da hoştu, siyah kadife giysileri içinde ya da beyaz denizci ceketini giydiğinde ne kadar şık olurdu. Gittiği her yerde en şık o olurdu; Grado[3] plajına gittiğimizde kadınlar durup bakar ve uzun, sarı saçlarını okşarlardı; Semmering'de[4] kızakla kaydığında insanlar hayranlıkla onun arkasından bakarlardı. O kadar hoş, o kadar zarif ve usluydu: geçen yıl Theresianum[5] yatılı okulunda eğitimine başladığında üniforması ve belindeki kılıcıyla on sekizinci yüzyılda yaşayan bir soylu gibi görünüyordu. – Şimdi ise orada solgun dudakları, önüne kavuşturduğu elleriyle öylece uzanan zavallının üzerinde pijamalarından başka bir şey yok.

---

[3] Grado: İtalya'da bir yer. (ç.n.)
[4] Semmering: Aşağı Avusturya'da turistik bir kayak merkezi. (ç.n.)
[5] Theresianum: Habsburg İmparatorluğu'nun ünlü kraliçesi Maria Theresia (1717-1780) tarafından 1746 yılında akademi olarak kurulmuş, Viyana'nın en prestijli okullarından biri. (ç.n)

Fakat belki de çocuğumu nasıl böylesine bir lüksün içinde yaşatabildiğimi, bunu nasıl sağlayabildiğimi, ona üst dünyanın bu aydınlık ve mutlu hayatını nasıl verebildiğimi soracaksın; sevgilim, sana karanlıklar içinden sesleniyorum; utanç duymuyorum, sana söyleyeceğim, fakat ürkme, sevgilim – ben kendimi sattım. Sokaktaki fahişelerin yaptığı gibi değil ama ben kendimi sattım. Zengin erkek dostlarım vardı, zengin sevgililerim: önceleri ben onları arıyordum, sonrasında onlar beni aramaya başladı, çünkü ben –fark etmiş miydin?– çok güzeldim. Kendimi sunduğum her erkek beni sevdi, hepsi bana bağlandı, hepsi bana teşekkür etti – yalnızca sen, sen sevmedin sevgilim!

Kendimi sattığımı senden sakladığım için beni aşağılıyor musun? Hayır, beni aşağılamadığını biliyorum, her şeyi anladığını biliyorum ve her şeyi anlayacaksın, sadece senin için yaptığımı, sadece senin diğer Ben'in için, çocuğun için yaptığımı anlayacaksın. Doğumhanedeki o odada yoksulluğun dehşetini bir kez yaşadım, bu dünyada yoksulun hep ayaklar altında ezilen, aşağılanan, kurban edilen olduğunu biliyordum ve ben ne pahasına olursa olsun senin çocuğunun, senin o aydınlık, güzel çocuğunun ta aşağılarda, çukurlarda, havası boğuk, bayağı sokaklarda, bir evin hastalık kokan arka avlularında büyümesini istemedim. Narin ağzı sokak dilini öğrenmemeli, beyaz bedenini yoksulların buruşuk ve eski püskü giysileri sarmamalıydı – senin çocuğunun her şeyi olmalıydı, yeryüzünün tüm zenginliğine ve kolaylıklarına sahip olmalıydı, sana, senin hayatının düzeyine çıkmalıydı.

Bu nedenle, sadece bu nedenle sevgilim kendimi sattım. Bu benim için bir fedakârlık değildi, çünkü toplumun şeref ve ayıp dediği şey, benim için bir şey ifade etmiyordu: sen, bedenimin ait olduğu tek erkek olan sen, beni sevmiyordun, o nedenle bedenime ne olduğu umurumda değildi. İçlerinden bazılarına derin saygı duymama ve onların karşılıksız sevgilerinde kendi yazgımı görüp çoğu zaman sarsılmama rağmen erkeklerin sevip okşamaları, en derin tutkuları bile beni hiç mi hiç etkilemiyordu. Hepsi bana karşı iyiydi, tanıdığım hepsi, hepsi beni şımarttı, hepsi bana saygılı davrandı. Hele içlerinde biri vardı, yaşlı dul kont babasız bir çocuğu, senin çocuğunu Theresianuma'a kaydettirebilmek için bütün kapıları aşındırdı – beni kızı gibi severdi. Bana iki kez, üç kez evlenme teklif etti – bugün bir kontes olabilir, Tirol'de büyüleyici bir şatonun sahibesi olabilir, sıkıntılarımdan kurtulurdum, böylece çocuğunun kendisine tapan şefkatli bir babası olabilir ve benim de sessiz, nazik iyi kalpli bir eşim olabilirdi – kont çok ısrar etmesine rağmen ve onu reddetmekle kalbini kırmama rağmen evlenmedim. Belki de aptallıktı, çünkü evlenseydim şimdi bir yerlerde sakin ve huzur içinde olacaktım ve çocuğum, sevdiğim, yanımda olacaktı, fakat – sana itiraf etmekten çekinmiyorum – ben kimseye bağlanmak istemiyordum. Senin için her saat özgür kalmak istiyordum. İçimde en derinlerde, varlığımın bilinçaltında hâlâ o eski çocukluk düşüm yaşıyordu, belki bir gün bir saat bile olsa yine beni yanına çağıracaktın. Ve olası bu bir saat için, yalnızca senin için, senin ilk çağrında özgür olabilmek için tüm teklifleri reddediyordum. Zaten çocukluktan çıktığımdan beri tüm yaşamım beklemekten, senin isteğini beklemekten başka neydi ki?

Ve o saat, o saat gerçekten de geldi. Fakat sen bilmiyorsun. Hattâ sen o ânın farkında bile değildin sevgilim! O saat geldiğinde de beni tanımadın – hiç, hiç, ama hiç beni tanımadın! Oysa ben seninle sıklıkla karşılaştım, tiyatroda, konserlerde, Prater'de,[6] caddede – her defasında kalbim titremişti, fakat sen beni görmez, yanımdan geçip giderdin: dış görünüşüm çok değişmişti, ürkek bir çocuktan bir kadın olmuştu, söylediklerine göre güzel bir kadın, pahalı giysiler giyen, etrafı erkek hayranlarıyla dolu bir kadındım: beni gördüğünde, yatak odanın loş ışığında o ürkek genç kızın ben olduğumu nasıl anlayabilirdin ki? Bazen birlikte olduğum erkeklerden biri seni selâmlardı, onlara teşekkür eder, bana bakardın: fakat bakışında nazik bir yabancılık, saygı olurdu, fakat beni tanımayan, yabancı, korkunç yabancı bakışlar. Bir defasında hâlâ çok iyi hatırlıyorum, neredeyse alıştığım bu tanınmama benim için yakıcı bir azaba dönüştü: Operada locada bir erkek arkadaşımla oturuyordum, sende yandaki locadaydın. Uvertür başladığında ışıklar sönmüştü, yüzünü artık göremiyordum, sadece soluğunu hissedebiliyordum, çok yakınımda tıpkı o geceki gibi ve localarımızı ayıran kadife kaplı bölmeye elini dayamıştın, ince, zarif elini. Ve sonunda eğilip bu yabancı, sevgi ve yumuşaklığını bir zamanlar hissettiğim bu sevgili eli öpme isteği uyandı içimde. Etrafıma yayılan müzikle bu isteğim daha da tutkulu bir hal alıyordu ki kendimi kasmak, bütün gücümle geri çekmek zorunda kaldım, büyük bir güç dudaklarımı senin o sevgili eline çekiyordu. İlk perdeden sonra erkek arkadaşıma gitmek istediğimi söyledim. Seni

---

[6] Prater: Latince "pratum", İspanyolca "Prado" (çayırlık) kelimelerinden geldiği sanılmaktadır. Viyana'nın 2. Merkez ilçesi Leopoldstadt'ta dinlenme ve eğlence alanıdır. Büyük bir bölümü hâlâ koruma altında ormanlık alandır. (ç.n.)

öyle yabancı ve karanlıkta yanıbaşımda görmeye katlanamamıştım.

Fakat o saat geldi, bir kez daha geldi, son bir kez daha çalkantılı yaşamıma geldi. Neredeyse tam bir yıl önceydi, senin doğum gününden sonraki gün. Garip: ben saatler boyunca seni düşünmüştüm, çünkü senin doğum gününü hep bir bayram gibi kutlardım. Sabah çok erken dışarı çıkmıştım, birlikte geçirdiğimiz ve senin unutmuş olduğun saati hatırlaman için her yıl sana gönderdiğim beyaz güllerden satın aldım. Öğleden sonra oğlumla dışarı çıktım, onu Dehmel pastanesine götürdüm ve akşam da tiyatroya gittik, oğlumun anlamını bilmese de o günü gençliğin gizemli bir bayram günü gibi hatırlamasını istedim. Ertesi gün o tarihlerde iki yıldır birlikte olduğum, bana tapan, beni şımartan Brünnlü genç fabrikatör arkadaşımla buluştuk; o da diğerleri gibi benimle evlenmek istiyordu, beni ve çocuğumu hediyelere boğmasına, iyi yürekliliğine ve bana kul köle olmasına rağmen diğerlerine yaptığım gibi doğru dürüst neden göstermeden onu da reddediyordum. Birlikte konsere gittik, orada neşeli bir grupla karşılaştık, akşam yemeğimizi Ring caddesindeki bir restoranda yedik ve orada kahkahalar atarken, sohbet ederken ona bir dans lokaline, Tabarin'e gitmeyi teklif ettim. Aslında aşırı alkolün neşeyi getirdiği bu tür yerlerden her gece kulübünden olduğu gibi nefret ederdim ve böyle yerlere gitmeyi teklif ettiklerinde her defasında reddederdim – fakat şimdi içimde açıklayamadığım bir güç birdenbire, farkında olmadan bu teklifi yaptırmış, diğerleri de neşe içinde bunu kabul etmişlerdi – içimde aniden yükselen bir istek beni orada özel bir şeylerin beklediğini söylüyordu. Benim her isteğimi yerine getirmeye alışkın arkadaşlarımla hemen kalkıp oraya gittik. Şampanya içtik ve içimde o güne kadar hiç tatmadığım bir neşe yükseldi, birden neredeyse acı veren bir neşe, içtikçe içtim ve diğerleriyle birlikte iğrenç şarkılar söyledim, dans etmek ve dağıtmak için âdeta bir şeyler zorluyordu beni. Fakat birdenbire –sanki buz gibi bir şey ya da kor gibi bir ateş yüreğime düşmüştü– irkildim: yandaki masada birkaç arkadaşınla sen oturuyordun ve bana hayran hayran ve arzu dolu bakışlarla bakıyordun, benim tüm bedenimi tahrik eden o bakışınla. On yıl sonra ilk kez gene benliğinin engelleyemediği o ihtirasla bakıyordun bana. Titredim. Kaldırdığım kadeh neredeyse elimden düşecekti. Neyse ki masadakiler benim şaşkınlığımı fark etmediler: kahkahaların ve müziğin uğultusunda kayboldu.

Bakışların gittikçe daha yakıcı bir hal aldı ve beni âdeta ateşin içine daldırdı. Anlayamamıştım: nihayet beni, sonunda beni tanımış mıydın yoksa beni ilk kez, bir başkası, yabancı bir kadın olarak mı arzuluyordun? Kan yanaklarıma hücum etti, masadakilere verdiğim cevapları hatırlayamayacak kadar dalgındım, bakışların karşısında nasıl şaşkına döndüğümü anlamışsındır. Diğerlerinin fark etmeyeceği bir şekilde dışarıya, girişteki salona gitmem için başınla bir işaret yaptın. Sonra dikkat çekecek şekilde hesabı ödedin, kendi arkadaşlarınla vedalaştın ve dışarı çıktın, giderken beni dışarıda bekleyeceğini bir kez daha işaret etmeyi de unutmadın. Soğukta kalmış gibi titriyordum, ateşten yanar gibi titriyordum, artık yanımdakilere cevap da veremiyor, kaynayan kanımı sakinleştiremiyordum. Tam o sırada tesadüfen zenci bir çift topuklarını yere vura vura ve tiz çığlıklar ata ata, tuhaf, yeni bir dansa başladı: herkes onlara bakıyordu ve ben tam da o saniyeyi fırsat bildim. Ayağa kalktım, arkadaşlarıma hemen geleceğimi söyleyip arkandan çıktım.

Dışarıda vestiyerin bulunduğu girişteki salonda durmuş, beni bekliyordun: geldiğimi gördüğünde bakışların aydınlandı. Gülümseyerek hızla yanıma geldin; hemen fark ettim, beni tanımamıştın, beni, geçmişteki o çocuk ve yıllar önceki o genç kadın olarak tanımamıştın, bir kez daha yeni biri, yabancı biri gibi karşılıyordun beni. "Bana da bir saatinizi ayırabilir misiniz" diye sordun samimi bir şekilde – kendinden emin tavrından, benim bir akşamlığına satın alınan kadınlardan biri olduğumu düşündüğünü anladım. "Evet" dedim, on yıldan daha uzun bir süre önce karanlığın çöktüğü sokakta sana evet diyen genç kız gibi tıpkı. "Peki, ne zaman görüşebiliriz?" diye sordun. "Siz ne zaman isterseniz" diye yanıtladım – senin karşında utanç duymuyordum. Bana biraz şaşırmış gibi baktın, tıpkı yıllar önce sana aynı tezlikte evet dediğimde kuşku ve merakla şaşırdığın gibi. "Şimdi benimle gelebilir misiniz?" diye sordun biraz tereddüt ederek. "Evet" dedim ben de, "gidelim."

Mantomu almak için vestiyere gittim.

Fakat o anda erkek arkadaşımla paltolarımızı birlikte verdiğimiz için tek bir vestiyer numaramız olduğunu, onun da erkek arkadaşımda olduğunu hatırladım; geri dönüp doğru dürüst bir açıklamada bulunmadan numarayı istemek imkânsızdı, öte yandan yıllardır özlediğim seninle geçireceğim saatlerden vazgeçmeye hiç niyetli değildim. Bu nedenle tek saniye tereddüt etmedim: tuvaletimin üzerine şalımı aldım, mantomun orada kalmasına aldırmadan, oraya birlikte gittiğim, iki yıldır beraber yaşadığım, son derece iyi yürekli bir insan olan erkek arkadaşımın arkadaşları önünde, yıllardır birlikte yaşadığı kadın yabancı bir erkeğin tek bir işaretiyle kaçtığı için alay konusu bir budala durumuna düşeceğine aldırmadan sisli, nemli geceye çıktım. Ah, son derece dürüst biri olan erkek arkadaşıma karşı gösterdiğim bu alçakça, nankörce, utanç verici davranışı yüreğimin derinliklerinde hissediyordum, gülünç davrandığım ve bu çılgınca hareketimle iyi bir insanı ömür boyu kırdığımı hissediyordum, hayatımı tam ortasından ikiye böldüğümü hissediyordum – fakat arkadaşımla ilişkimin, kendi varlığımın, senin dudaklarını bir kez daha hissedebilmenin, yumuşak sözcüklerini duymanın sabırsızlığı karşısında ne önemi vardı ki? İşte seni böylesine sevmiştim, her şey geçtiği ve geçmişte kaldığı için şimdi bunu söyleyebilirim artık. Ve ölüm döşeğinde de olsam, sen beni çağırsan sanırım ayağa kalkabilecek ve sana koşabilecek gücü bulabilirdim.

Kapıda, girişte bir araba bekliyordu, senin evine gittik. Gene sesini duyuyordum, okşayışlarını, yakınlığını hissediyordum, tıpkı eskiden olduğu gibi çocuksu bir mutluluktan şaşkın ve kendimden geçmiş sarhoş gibiydim. On yıldan uzun bir süre sonra yeniden merdivenleri nasıl çıktığımı – hayır, hayır o saniyelerde geçmiş ve şimdiki zamanı aynı anda yaşadığımı, ama her şeyde, her şeyde seni, yalnız seni hissettiğimi sana anlatamam. Odanda çok az değişiklik vardı, birkaç resim eklenmiş, kitapların sayısı artmıştı. Orada burada yeni yabancı mobilyalar vardı, fakat hepsi bana samimiyetle gülümsüyordu. Ve yazı masan üzerinde içinde güller olan bir vazo vardı, bir gün önce sana doğum günün için gönderdiğim güller; hâlâ hatırlamadığın, şu an yanında, el ele, dudak dudağa olduğun, şimdi bile hâlâ tanıyamadığın bir kadını hatırlaman için gönderdiğim güller. Fakat gene de çiçeklere özen göstermen hoşuma gitmişti: böylece varlığımın bir soluğu, aşkımın nefesi vardı çevrende hiç değilse.

Beni kollarına aldın. Gene muhteşem bir gece boyunca yanındaydım. Fakat çıplak bedenimden bile beni tanımadın. Becerikli ellerinin okşayışlarına kendimi bırakırken senin tutkunun bir sevgili ile satılık bir kadın arasında ayırım yapmadığını, kendini hiç düşünmeden, tüm cömertliğin ve müsrifliğinle, tüm varlığınla verdiğini gördüm. Bana, bir gece kulübünden evine getirdiğin bana karşı hem son derece sevecen, yumuşak, nazik ve saygılıydın hem de birlikte olduğun kadından tutkulu bir şekilde zevk alıyordun; gene eskiden olduğu gibi mutluluktan sarhoş bir haldeyken, doğandaki o eşsiz iki kişiliği hissediyordum; bir çocuğu bile kendine esir eden şehvetteki o becerikli ve zengin tutkuyu. Bir erkeğin sevişirken kendisini böylesine verişine hiç tanık olmamıştım, varlığının en derinliklerine kadar böylesine bir patlama ve parıltı görmemiştim – elbette sonrasında sonsuz ve neredeyse insanlık ötesinde bir unutuluşta kaybolup gitmek için. Fakat ben de kendimi unutmuştum: karanlıkta senin yanındaki kişi kimdi? Bir zamanlar senin için yanıp tutuşan o çocuk muydum, o çocuğunun annesi miydim, bir yabancı mıydım? Ah, her şey o kadar tanıdık, o kadar yaşanmıştı ki ve her şey gene o tutku dolu gecede olduğu gibi sarhoş edecek kadar yeniydi. Ve ben o gecenin son bulmaması için dua ettim.

Fakat sabah oldu, yataktan geç kalktık, beni kahvaltıya davet ettin. Görünmez bir elin yemek odasında fark ettirmeden hazırladığı çayı içtik birlikte ve oradan buradan konuştuk.

Gene sana özgü son derece açık, samimi bir yakınlıkla, gene özel sorular sormadın ve gene kim olduğumu hiç merak etmedin. Adımı sormadın, nerede oturduğumu sormadın: ben senin için yalnızca bir maceraydım, isimsiz bir maceraydım, unutmanın sisleri arasında iz bırakmadan kaybolup giden ateşli saatlerdim. Çok uzaklara seyahat edeceğini söylüyordun, Kuzey Afrika'ya, iki ya da üç aylığına; mutluluğumun tam ortasında titriyordum, çünkü kulaklarımda çınlamaya başlamıştı: geçti, geçti ve unutuldu! Ayaklarına kapanıp bağırmak istiyordum: "Beni de götür, sonunda beni tanıyabilesin, nihayet, nihayet o kadar yıldan sonra!" Fakat ben senin karşında o kadar ürkek, o kadar korkak, o kadar köle gibi ve o kadar zayıftım ki. Sadece şunu diyebildim: "Ne yazık." Bana gülümseyerek baktın: "Gerçekten üzülür müsün?"

İşte o zaman ani bir öfkeye kapıldım. Ayağa kalktım, sana baktım, uzun uzun ve hiç gözlerimi ayırmadan. Sonra şöyle dedim: "Sevdiğim adam da sürekli seyahatte." Sana baktım, gözbebeğinin tam ortasına, "Şimdi, şimdi beni tanıyacak!" derken içimdeki her şey sarsılmaya başlamıştı. Fakat sen bana gülümsedin ve teselli edercesine "Giden geri döner" dedin. "Evet" diye yanıt verdim, "geri döner dönmesine, fakat her şey de unutulmuş olur."

Bu söylediklerimde garip ve tutkulu bir şeyler vardı herhalde, çünkü sen ayağa kalktın ve bana baktın, şaşkın ve aşkla dolu dolu. İki omzumdan tuttun: "İyi olan şey unutulmaz, seni unutmayacağım" dedin ve söylerken bakışlarını bana çevirdin, bu resmi hafızana kazımak ister gibiydin. Ve ben bu bakışın nasıl içime, derinliklerime girdiğini, ruhumu araştırdığını, iz sürdüğünü, tüm varlığımı kendine çektiğini hissettim, işte o an nihayet, sonunda gözündeki perdenin kalktığını sandım. Beni tanıyacak, beni tanıyacak! dedim. Tüm ruhum bu düşünceyle sarsıldı.

Fakat beni tanımadın. Hayır, beni tanımadın, o an olduğu kadar yabancı olmamıştım sana hiç, çünkü – çünkü aksi halde birkaç dakika sonra yaptığını yapmazdın. Beni öptün, beni bir kez daha arzuyla öptün. Dağılan saçlarımı tekrar düzeltmek zorunda kaldım ve ben aynanın önünde dururken aynadan – senin fark ettirmeden birkaç banknotu manşonumun içine koyduğunu gördüm- utanç ve dehşetten yerin dibine gireceğimi sandım. Nasıl oldu da o an çığlık atmadım, yüzüne bir tokat indirmedim, bilmiyorum – seni çocukluğundan bu yana seven bana, çocuğunun annesi olan bana beraber olduğumuz bu geceyi ödemeye kalkmıştın! Senin için Tabarin'den getirdiğin bir orospuydum sadece, başka bir şey değil – ödemiştin, ücretimi ödemiştin! Senin tarafından unutulmuş olmak yetmiyormuş gibi bir de senin tarafından aşağılanmıştım.

Titreyen ellerimle eşyalarımı bulmaya çalıştım. Gitmek istiyordum, hemen gitmek. Canım çok yanmıştı. Şapkama uzandım, masanın üzerindeydi, içinde beyaz güllerin olduğu vazonun yanında, benim güllerimin. O an çok güçlü, karşı konulmaz bir duygu yükseldi içimde: bir kez daha sana hatırlatmayı denedim: "Bana beyaz güllerinden birini vermek istemez misin?" "Memnuniyetle" dedin ve hemen birini aldın. "Fakat belki de onları sana bir kadın hediye etmiştir, seni seven bir kadın?" dedim. "Belki" dedin, "bilmiyorum. Bana gönderildi ama kim, bilmiyorum; bu nedenle onları çok seviyorum." Sana baktım. "Belki de onları sana unuttuğun biri göndermiştir!"

Hayretler içinde kalmış gibi baktın. Ben de gözlerimi senden ayırmadım. "Tanı beni, tanı beni artık!" diye bağırıyordu bakışlarım. Fakat senin gözlerin sevimli ve her şeyden habersiz gülümsüyordu. Beni bir kez daha öptün. Fakat beni tanımadın.

Hızla kapıya yöneldim, çünkü gözlerimin yaşlarla dolacağını hissettim ve sen bunu görmemeliydin. Holde –hızla fırlamıştım– uşağın Johann ile neredeyse çarpışacaktım. Ürkerek yana çekilip dışarıya çıkmam için çarçabuk evin kapısını açtı, işte o an – o tek saniyede, duyuyor musun? O tek saniyede, ona baktığım için, yaşlı gözlerle baktığım için, o yaşlı adamın bakışlarında bir ışık yanmıştı. O, tek saniyede, çocukluğumdan beri beni görmemiş olan yaşlı adam beni tanımıştı. Beni tanıdığı için önünde diz çökebilir, ellerini öpebilirdim. Beni aşağıladığın paraları hızla manşonumdan çıkarıp onun cebine soktum. Adam titremeye başladı, korkmuş bir şekilde bana baktı – belki de o saniyede benim hakkımda, senin bütün hayatın boyunca öğrenemediğin kadar çok şeyi fark etti. Herkes, bütün insanlar beni şımarttı, herkes bana karşı iyi davrandı – yalnızca sen, yalnızca sen, sen beni unuttun, yalnızca sen, yalnızca sen beni tanımadın.

Çocuğum öldü, çocuğumuz. Artık bu dünyada senden başka seveceğim kimsem kalmadı. Fakat sen benim için kimsin, sen, beni asla asla tanımayan, suyun yanından geçer gibi yanımdan geçip giden, taşa basar gibi üzerime basan, hep giden ve gitmeye devam eden ve beni sonsuz bekleyiş içinde bırakan sen? Bir zamanlar seni tutabileceğimi sandım, seni, hep kaçıp giden seni çocuğumuzla yanımda tutabileceğimi sandım. Fakat o her şeyiyle senin çocuğundu: bir gecede korkunç bir şekilde benden ayrıldı, seyahate çıktı, beni unuttu ve bir daha asla dönmeyecek. Ben gene yalnızım, eskiden olduğundan daha yalnız, hiçbir şeyim kalmadı, senden kalan hiçbir şeyim yok artık – çocuk yok, tek bir kelime, tek bir satır, tek bir anı yok ve biri gelip de senin yanında benim adımı seslense duymaz, geçer gidersin. Senin için zaten ölü olduğuma göre neden seve seve ölmek istemeyeyim ki, neden daha ileriye gitmeyeyim sen benden gittikten sonra? Hayır, sevgili, seni suçlamıyorum, kendi üzüntümü senin neşeli dünyana sokmak istemiyorum. Korkma, seni daha fazla rahatsız etmeyeceğim – bağışla beni, çocuğum öldüğü ve orada terk edilmiş yattığı bu saatlerde yüreğimdeki çığlığı çıkarmak zorundaydım. Sadece bu bir kez seninle konuşmalıydım – sonra gene sessizce karanlığıma geri döneceğim, tıpkı her zaman sessizce yanında olduğum gibi. Fakat yaşadığım sürece sen bu çığlığı hiç duymayacaksın, ancak öldüğümde benden kalan bu son şey eline geçecek, seni herkesten çok sevmiş, senin asla çağırmadığın ve asla tanımadığın birinden kalan son şeyi alacaksın. Belki de, belki de beni çağıracaksın ve ben ilk kez sana sadakat gösteremeyeceğim, ölmüş olduğum için seni duyamayacağım: Sana tek bir resim, beni tanıyabileceğin tek bir işaret bırakmıyorum, tıpkı senin bana bırakmadığın gibi; beni asla tanımayacaksın, asla. Bu yaşarken benim kaderimdi, ölürken de kaderim olsun. Son saatime seni çağırmak istemiyorum, sen adımı, yüzümü bilmeden gidiyorum. Kolay ölüyorum, çünkü uzakta olduğun için sen hissetmiyorsun. Ölümüm sana acı verecek olsaydı, o zaman ölemezdim.

Daha fazla yazamayacağım... kafam karmakarışık... uzuvlarım acıyor, ateşim var... sanırım birazdan uzanmak zorunda kalacağım. Belki de birazdan her şey bitmiş olacak, belki de kaderim bir kez olsun bana iyi davranır da çocuğumu alıp götürmelerini görmek zorunda kalmam... Artık yazamayacağım. Elveda, sevgilim, elveda, sana teşekkür ederim... her şeye rağmen yaşadıklarım güzeldi... son nefesimi verinceye kadar sana teşekkür edeceğim. Kendimi rahat hissediyorum: sana her şeyi söyledim, artık biliyorsun; hayır, sadece hissediyorsun seni ne kadar sevdiğimi ve bu sevginin sana hiçbir yükü olmadı. Yokluğumu hissetmeyeceksin – bu beni teselli ediyor. Senin o güzel, parlak yaşamında hiçbir şey değişmeyecek... Ölümüm nedeniyle üzülmeyeceksin... bu beni teselli ediyor, sevgilim.

Fakat kim ... artık kim sana doğum gününde beyaz güller gönderecek? Ah, o vazo boş kalacak ve yılda bir kez etrafında dolaşan yaşamımın o küçük nefesi, o küçük soluğu da artık etrafında olmayacak, esmeyecek! Sevgilim, dinle, rica ediyorum... bu benim senden ilk ve son ricam... her doğum gününde –insanın kendisini düşüneceği tek bir gün bu ne de olsa– güller al ve onları vazoya koy, bunu benim için yap. Bunu yap sevgilim, başkalarının yılda bir kez ölenlerinin ardından anma töreni yaptıkları gibi sen de benim için bunu yap. Fakat ben Tanrı'ya inanmıyorum artık ve tören de istemiyorum, ben sadece sana inanıyorum, ben sadece seni seviyorum ve yalnız sende yaşamaya devam etmek istiyorum... ah, yılda sadece bir gün, sessizce, yalnızca sessiz, tıpkı benim senin yanında sessiz yaşadığım gibi... Senden rica ediyorum, bunu yap sevgilim... bu benim senden ilk ve son ricam... sana teşekkür ederim... seni seviyorum, seni seviyorum... elveda.

R. mektubu titreyen elleriyle bıraktı. Sonra uzun uzun düşündü. Kafasının içinde bir komşu çocuğuna, bir genç kıza, gece kulübündeki bir kadına ait birtakım anılar canlandı, fakat bu tıpkı akan bir suyun dibinde titrek bir şekilde parlayan fakat biçimi belli olmayan bir taş gibi belli belirsiz ve karmakarışık bir hatırlamaydı. Gölgeler üzerine vuruyor ve uzaklaşıyor, ortaya bir resim çıkmıyordu. Adam duygularıyla ilgili anılarını hissediyordu fakat onları anımsamıyordu. Sanki tüm bu insanları rüyada görmüştü, çok sık ve derin, fakat sadece rüyasında.

R.'nin bakışları birden yazı masasının üzerindeki vazoya takıldı. Vazo boştu, yıllardan beri ilk kez doğum gününde vazo boştu. Korkuyla irkildi: aniden bir kapının görünmez bir şekilde açıldığını ve başka bir dünyadan soğuk bir esintinin rahat odasına girdiğini sandı. Ölümü hissetti ve ölümsüz aşkı: yüreğinin derinliklerinde birdenbire bir şeyler açıldı ve sonra görünmeyen sevgiliyi gözünde bedenini canlandırmadan fakat tutkuyla tıpkı uzaklardan gelen bir müzik gibi düşündü.